U0024502

這一代的武林

《伍 投桃報李》

張小花——著

【目錄 Contents】

第一章

黑店

迷彩衣隨手抄起一個沒電的計算機，裝模作樣地按了幾下道：

「你們總共消費是一千七百五，零頭不要了，給一千七吧。」

胡泰來喊了起來：「為什麼這麼貴？」

王小軍道：「老胡，你還沒看出來啊，這是一家黑店！」

陳覓覓走後，王小軍就覺得渾身不自在——被一百多號眉目不善的道士圍著，誰都好受不了，這次上武當把這裡所有人都得罪了個遍，王小軍想想也是哭笑不得，至於他來武當的本意那是提也不用提了，而且他雖然不知道淨禪子要跟陳覓覓說什麼，但是他有種很不好的預感，直到陳覓覓和淨禪子一前一後地走出樹林，他急忙跑了過去。

「我們走吧。」陳覓覓對王小軍說。

淨禪子揚聲道：「師妹，江湖險惡，你要多加小心。」

陳覓覓十三歲時師父逝世，很多武功都是淨禪子轉授，淨禪子對她而言亦師亦友，更像是慈祥的親人，可以說武當就是她的一切，她熟悉這裡的每一塊山石，每一根草木，這時忽然要離開，再也忍不住淚水，但她沒有回頭，決絕地對王小軍道：「走！」

周沖和惘然地伸出一隻手似乎想要去追陳覓覓，被劉平一把拉住。

靈風則大聲道：「王小軍，等你傷好了，可別忘了回來咱們比試比試！」

王小軍扶著陳覓覓，後面跟著劉老六和苦孩兒，四個人轉過一個山腳，王小軍迫不及待地問劉老六：「六爺，你說的驚鴻劍到底是什麼人，他真名叫什麼，我去哪能找到他？」

劉老六四下打量了一眼，壓低聲音道：「你傻子啊，那是我編出來騙他們的！」

「啊，為什麼？」陳覓覓先嚇了一跳，她畢竟是武當派的人，本來氣勢洶洶地要找「驚鴻劍」算帳，沒想到是劉老六隨口虛構的。

劉老六道：「我要不這麼說，他們能讓苦孩兒走嗎？」

王小軍咋舌道：「你撒這種謊，想過後果沒有？」

劉老六嘿嘿一笑道：「我又沒說一定是驚鴻劍幹的，我說的是『有可能』。武當派追查這事只有兩個結果，一是他們找不到驚鴻劍，那只能怪他們無能；二是他們找到了真正的黑手，到時候也就無所謂了。」

王小軍苦惱道：「可是我已經答應了武當要幫他們找劍，你現在讓我去哪兒找？」

劉老六正色道：「我只能告訴你一點，這個賊的輕功真的很高，而且我這個謊也不是完全沒用——正主聽說武當要找的是驚鴻劍，不免會放鬆警惕，這也是給你抓住他創造機會。」

陳覓覓想了想道：「不行，我得去告訴我師兄一聲，你們先走，放心，我只私下和他說，他肯定不會再為難苦孩兒。」

劉老六擺手道：「你以為他真不知道我是騙他的嗎？他無非是給自己一個臺階好放了苦孩兒，哦對了，苦孩兒已經決定要跟我走了。」

王小軍意外道：「老瘋子，你這麼快就拋棄我和覓覓了？」

苦孩兒嘿嘿一笑道：「跟著六兒有遊戲玩。」

陳覓覓這會自顧不暇，讓苦孩兒跟著劉老六起碼不會吃虧，她嘆了口氣道：「苦孩兒你記住，玩遊戲每次不能超過半小時，一天最多玩三次，你答應了我才讓你走。」

苦孩兒訥訥道：「四次行不行？」

陳覓覓溫和道：「行，但不許耍賴皮。」

苦孩兒歡天喜地道：「好！」

王小軍苦笑著揮手：「我們走了。」

武當山上，諸人散盡，淨禪子負手立於懸崖邊上，周沖和站在他身後五六步遠的地方，滿臉沮喪之色。

淨禪子忽然開口道：「我對你很失望。」

周沖和仰起臉，倔強道：「再給我一次機會，我一定能打敗王小軍！」

淨禪子搖頭道：「比武輸了算什麼大事？你明知道丟劍的事跟覓覓無關，可你還是推波助瀾，你以為我不知道你的心思嗎？你是想借機把覓覓留在武當！」

周沖和低下頭道：「可是我真的很喜歡覓覓啊。」

淨禪子道：「你們兩個總有一個是要當掌門的，這個問題你打算怎麼處理？」

周沖和道：「她當掌門我樂見其成，如果我當掌門，我會把掌門之位讓給她，然後一生守護著她，我就心滿意足了。」

淨禪子嘆氣道：「你這是心魔啊，沖和，你可知自私是什麼嗎？一個人有顆果子不想和別人分享還算不上惡劣，他如果吃不著又不希望別人吃著，這才是最大的自私啊。」

周沖和忽然痛哭流涕道：「師父，我該怎麼辦？」

淨禪子慈祥地看著他道：「你還年輕，須知人生就是如此，隨著閱歷的增長你可能會放下一些東西，但是有些執念會伴隨你一生，看淡些也就就好了。」

周沖和難過道：「師父也有執念嗎？」

淨禪子搔了搔頭道：「有啊。」

周沖和本想再問，但看師父的表情顯然是很難為情的事，又怕惹得師父不高興，只好硬生生忍住了。

淨禪子整理了一下道袍，小聲嘀咕道：「你以為我不想夏天穿著短褲背心出門嗎？哎……」

王小軍把車開出武當時天光已經放亮了，只見陳覓覓已經淺淺地睡著，半張臉埋在長髮裡，眉頭微蹙，朝陽映射在她身上，有種楚楚動人的光輝，王小軍不禁看呆了。

陳覓覓把眼睛睜開一條縫，掃了王小軍一眼道：「專心開你的車。」

王小軍頗覺尷尬，嘿然道：「我第一次見到你時，就下決心要把你帶離武當，沒想到最後是用的這種辦法。」

陳覓覓似乎不知道該如何接話，頓了頓道：「我們下面去哪兒？」

「哎喲，差點把老胡忘了！」

當王小軍和陳覓覓找到胡泰來時，他正不顧形象地坐在地上，滿眼都是血絲。王小軍把他拽起來道：「別灰心，咱們直接殺到唐門去，把思思給搶出來！」他對陳覓覓道：「覓覓，真武劍的事只能先放一放了。」

陳覓覓言簡意賅道：「人最重要！」

胡泰來上了車，王小軍把他們在武當山上的經歷簡單講了一遍，胡泰來眼見陳覓覓受了重傷，這時又聽說他們惹了一身是非，可兩個人還是二話不說地幫自己去找唐思思，他和王小軍的關係已不用多說，於是對陳覓覓道：「覓覓，謝謝你。」

陳覓覓嫣然一笑道：「不用謝我，搶人這種活兒王小軍很有經驗，要謝你就謝他吧。」

胡泰來忽然道：「咱們有去四川的機票錢嗎？」

陳覓覓道：「我卡裡還有萬把塊錢，大概夠了。」

王小軍感慨道：「要說咱也是武林人士，怎麼總這麼窮啊，人家武松最落魄的時候還吃得起兩斤牛肉十八碗酒呢。」

胡泰來道：「我決定了，找到思思以後就去找份工作，我可不能讓她跟著我受苦。」

王小軍一笑道：「曾夢想仗劍走天涯的少俠如今操心上柴米油鹽醬醋茶了，你是中年危機了吧？」

胡泰來道：「這是男人的責任。」

這時胡泰來收到一條短信，低頭看了一眼頓時叫道：「是思思傳來的！」

「她短訊說些什麼？」陳覓覓問。

胡泰來像是不識字一樣把電話舉到兩人眼前，上面只有八個字：我在西安，一切都好。

王小軍不禁問：「唐傲帶著她去西安幹什麼？」

陳覓覓道：「再給她打過去！」

胡泰來如夢初醒，但是對方的電話卻又顯示已關機了。

「難道是唐傲故意用思思的電話給我們發短訊，想把我們引開？」王小軍說完又搖頭道，「唐傲好像不是這樣的人。」

陳覓覓道：「先別管那麼多了，從這裡到西安只要幾個小時，咱們就開車去！」

這時胡泰來的電話又響了，王小軍和陳覓覓一起轉過頭來，問：「是不是思思？」

「是……我師父。」胡泰來也十分意外，接起電話畢恭畢敬道：「師父您老人家安好？」

胡泰來的師父姓祁，叫祁青樹。

胡泰來用的是一款舊型手機，通話時像裝了擴音器一樣，王小軍就聽一個威嚴的聲音道：「嗯，你在外面怎麼樣？」

胡泰來有滿腔的話不知該怎麼說，只得控制著情緒道：「我已經到過鐵掌幫和武當派了，現在出了一些意外，少林可能要推遲了。」

祁青樹道：「少林你就不用去了，這就回來吧，我要把黑虎門掌門之位傳給你。」

陳覓覓低聲笑道：「這是怎麼了，這個月是掌門傳遞月嗎？」

王小軍卻由衷地替胡泰來高興，他清楚胡泰來是祁青樹最得意的弟子，掌門傳給胡泰來也是意料之中，尤其在他情緒很低沉的時候，只不過現在還不是時候回去而已。

胡泰來遲疑道：「師父……我還有些事情要辦，暫時回不去……掌門的位子傳給我，您太抬舉我了。」

老胡顯然也很激動，只是這當口顧不上開心了。

祁青樹不悅道：「有什麼事比接任掌門還重要，都放一放吧！」

胡泰來滿臉通紅道：「師父……我戀愛了，呃，不過對方還不知道……

她遇到了麻煩，我要去幫她！」他說得前言不搭後語，王小軍都替他著急，不過好在大意是說明白了。

祁青樹沉默了幾秒，突然喝道：「胡鬧！我不是讓你三十歲以後再考慮個人問題嗎？」

胡泰來結巴道：「她還沒答應跟我交往，但不管怎麼說她都是我的朋友，所以我得去救她……」

祁青樹平時對徒弟很嚴格，而胡泰來對師父又很尊敬，最後造成的結果就是徒弟見師父就像老鼠見了貓。

祁青樹提高嗓門道：「屁話，你們這個年紀哪有什麼正經朋友，快給我滾回來！」

胡泰來極盡委婉道：「師父，我現在真的不能回去！」

祁青樹不耐煩道：「一句話，這掌門的位子你要是不要？」

王小軍再也聽不下去了，回手搶過胡泰來的手機大聲道：「祁大爺你好，你徒弟最心愛的女人被人抓走了，我們現在要去救她，你不幫忙可以，別添亂行嗎？」

祁青樹一愣，繼而勃然大怒道：「你是哪來的小兔崽子？你叫什麼名字？」

王小軍笑嘻嘻道：「我叫王小軍，你想打我就來找我啊。」

胡泰來大驚失色，搶過電話道：「師父，您別生氣，小軍人很不錯的。」

祁青樹在那邊破口大罵：「什麼不錯，就是個小流氓，老子是讓你出去歷練去的，你倒好，認識一堆不三不四的人，你……」

胡泰來像下定決心一般：「師父，掌門的位子我不要了，您給別人吧。」接著掛了電話。

王小軍大吃一驚道：「哇靠老胡，你來真的？」

胡泰來笑道：「沒關係，我們師徒就像父子一樣，兒子哪有一輩子不跟爹抬槓的？找時間我再跟他解釋就行了。」

王小軍擔心道：「萬一他真把掌門的位子給了別人怎麼辦？」

胡泰來灑脫地說：「以我師父的脾氣，他八成會馬上就把掌門的位子給別人。」

「靠，那可不行，你把電話撥過去我跟他說，我給老頭賠禮道歉總行了吧？」

胡泰來泰然地把電話裝進兜裡，憨厚一笑：「覓覓說得對，人最重要！」

三人決定開車去西安，先找了個超市，補給了生活必需品等東西，然後從省道開往西安。

胡泰來坐在後座上，目光灼灼地盯著前方。

王小軍無語道：「老胡，你也太別急了。」

胡泰來道：「我不急，唐傲帶著思思去西安逗留的時間不會短，你們兩個身上都有傷，怎麼也得等幾天再動手，不過咱們先說好了，對付唐傲還是用我那個法子——我先衝上去頂住他的暗器，你們找機會制服他！」

這個法子雖然並不好，但說明胡泰來已經想了很久，這是王小軍第一次見他認真思考一件事。

陳覓覓道：「對付唐傲只是一方面，想讓思思真正自由還是得去跟她爺爺談，思思還小，難道她從此一輩子都跟家裡斷絕關係嗎？」

胡泰來憂心道：「萬一我見了她爺爺該說什麼？」

王小軍道：「你就直接以黑虎門掌門的身分跟他提親，然後把思思娶過來。」

胡泰來搖頭道：「我們黑虎門無錢無勢，她爺爺不會同意的。」

王小軍道：「那就說不得只好打了！」

陳覓覓掃了他一眼道：「你好暴力哦——」隨即她回頭對胡泰來說：「到時候你去對付她爺爺，她們家親戚歸我！」

胡泰來：「……」

三人昨晚都是通宵未眠，王小軍上下眼皮也開始打架，索性把車開進野地裡睡了一個小時，然後才繼續上路。

「你們餓嗎？」胡泰來忽然道。

眼前正是前不著村後不著店的荒郊野外，別說超市販賣部，連個撿糞的老鄉都沒有！此刻距離他們上一頓正經飯已經隔了快廿四小時了。

陳覓覓像發現新大陸般叫道：「誒，前頭有個房子！」

不等她說完王小軍也發現了，不由分說地把車開到路邊慢慢接近，很快就看到了讓他們心花怒放的牌子，牌子上寫著：停車休息、用餐。

這最後兩個字對三個饑腸轆轆的人來說簡直妙不可言，三個人眼睛冒著綠光逼近房子，到了近前才發現並不是什麼房子，只是一個工棚臨時改造的小飯館。

工棚正中間有張桌子，五個後生正在打牌，見有人進來，表情很難形容，三分茫然七分意外，說不清是驚喜還是驚奇，就像是看見了三隻大餡餅自己跑進了盤子裡似的。

一個身穿迷彩衣的後生皮笑肉不笑道：「你們吃飯？」

「可不是吃飯嗎？」王小軍已經迫不及待地坐了下來，問：「都有什麼呀？」

迷彩衣這才站起來拖著長音道：「只有羊肉和大米粥。」

「上！」王小軍言簡意賅道。

迷彩衣懶洋洋地應了聲，端出一盆冷羊肉和一鍋粥來，三個人狼吞虎嚥地吃了起來。迷彩衣屁股一抬坐到了牌桌上，和另外四個後生似笑非笑地看著王小軍他們吃。

一盆羊肉和一鍋粥很快見了底，三個人不能說吃了十成飽，總歸是舒坦許多，王小軍一抹嘴道：「老闆，多少錢？」

迷彩衣隨手抄起一個沒電的計算機，裝模作樣地按了幾下道：「你們總共消費是一千七百五，零頭不要了，給一千七吧。」

王小軍看看陳覓覓，陳覓覓則調皮地衝他笑了笑。

胡泰來喊了起來：「為什麼這麼貴？」

迷彩衣懶洋洋道：「你們吃的是藏羚羊。」

胡泰來瞪著眼睛還想說什麼，王小軍拉住他，對迷彩衣說：「我們身上沒帶那麼多現金怎麼辦？」

迷彩衣噌地跳到地上道：「那就看你們認打還是認罰了？」

「哦，怎麼講？」

迷彩衣冷冷道：「認打，你們讓我們哥幾個揍一頓；認罰，車留下，拿錢來贖，簡單吧？」

後面幾個後生嘻嘻哈哈道：「不留車也行，把那小妞留下，咱們就兩清了。」

王小軍問陳覓覓：「打還是罰？」

陳覓覓嫣然道：「懶得打了，罰吧。」

王小軍點點頭，指著迷彩衣道：「好，那你們就認罰吧。」

迷彩衣一愣，隨即怒道：「你他媽放屁！」他見他開出價錢後，其中那一男一女毫無爭議，以為要麼是不在乎錢，要麼是嚇傻了，總之肯定是有大油水可撈，沒想到對方居然耍起了嘴皮子，他仗著自己這邊人多，料想對方不敢還手，率先揮舞著拳頭衝了上來。

王小軍道：「老胡，你還沒看出來啊，這是一家黑店！」

胡泰來霍然站起，一拳把迷彩衣打了個滿臉花。

「還敢動手?!」另外四個後生頓時炸了毛，其中一個手疾眼快，搶起床邊的棒球棍跳起來對著胡泰來腦袋就是一棍，胡泰來不躲不閃，出拳將棍子從中擊斷，那後生手裡的棍子瞬間變了麥克風，頓時愣在當場，他腦子一時沒反應過來，還在糾結要不要繼續上。

胡泰來看邊上有根碗口粗的木頭柱子，索性一拳把它打斷，然後默默地盯著對面幾個人看。

另外三個後生本已抄起了傢伙，這時像燙手似的全都遠遠扔掉，再無半點反抗的意識。

躺在地上的迷彩衣掙扎著坐起來，哭天搶地道：「你要早露這手功夫，我也不至於挨打了呀，嗚嗚嗚嗚。」

王小軍剔著牙，衝幾個後生招手：「來，都過來。」

四個後生連帶剛從地上爬起來的迷彩衣自覺地在桌前站成一排。

「你們說吧，認打還是認罰？」王小軍道。

迷彩衣毫不猶豫道：「我們認罰！」胡泰來那一拳的威懾性太強，他毫不猶豫地道。

王小軍命令道：「去，把你們這兒的吃的喝的都給我們打包了，一會兒我們還要上路呢。」

不一會兒工夫，幾個人收拾了好幾大包東西放在桌子上，迷彩衣畢恭畢敬道：「打包好了，您幾位走的時候我們給您搬到車上去。」

王小軍忍著笑道：「嗯，這次就算了，沒揍你們也是看你們還沒壞到骨子裡，下次可別讓我再碰見你們。」

迷彩衣心如止水地一擺手：「剛才我們幾個商量過了，這買賣我們也不打算幹了，正經開飯館誰會在這種地方？想在荒郊野嶺訛幾個錢吧，最近還老碰上你們這種人，我們也是有自尊的好吧？」

陳覓覓好奇道：「什麼意思？」

迷彩衣無奈道：「也就是早上那會兒吧，有一男一女到我們這，那女孩大概……大概就跟這位美女差不多大，眼睛紅紅的，好像是被那個男的脅迫似的，我們哥幾個一看這事兒我們得管啊，可我們剛想動手，那男的就把筷子飛到柱子裡去了，邪乎的很！」

胡泰來一把抓住他胳膊道：「這一男一女長什麼樣？」

迷彩嘶聲道：「那男的瘦瘦小小的，戴個眼鏡，那姑娘倒是很漂亮……大哥你能先放開我嗎？」

王小軍道：「什麼叫把筷子飛到柱子裡了？」

迷彩呲牙咧嘴地一指身邊的柱子：「你自己看嘛。」

胡泰來撒開迷彩，跑到他手指的地方一看，只見支撐工棚的另一根柱子裡，深深地插著半根筷子，看來迷彩他們事後想把它弄出來未果，所以乾脆把露在外邊的半根掰斷了事。

王小軍和陳覓覓對視一眼，異口同聲道：「是唐傲！」能徒手把半根筷子飛進柱子，除了唐傲還有誰？

胡泰來急切道：「他們開的什麼車？」

迷彩道：「奧迪Ａ６。」

王小軍道：「牌照還記得嗎？」

迷彩苦笑道：「大哥，我們真沒那麼閒，記住牌照管什麼用，就我們幾個還敢找人報仇啊？」

胡泰來道：「那車有什麼特別的地方嗎？」他加重語氣道，「好好想！」

「那車……」迷彩被迫苦思冥想起來，一邊深深後悔自己多嘴，這三個瘟神明明馬上就要走了，這不是沒事找事嘛！

也許是壓力真的轉化成了動力，他忽然靈光一閃道：「對了，那車好像是租來的，車屁股上有個廣告貼紙，寫著……寫著……」

他迎著胡泰來兇狠的目光，使勁一拍腦袋道：「寫著吉祥車行！」

陳覓覓緩緩道：「異地租車去西安，一輛奧迪Ａ６，這就好找多了。」

胡泰來邁開大步道：「走！」

王小軍他們即刻出發，胡泰來又是目光灼灼地盯著窗外，鬱鬱道：「知道了唐傲開的車和租車的車行，接下來該怎麼找他的人呢？」

王小軍沉思片刻道：「一輛車尾貼著廣告的奧迪Ａ６，找起來說難不難，說容易也不容易啊。」

陳覓覓瞟了他一眼道：「淨說廢話。」

王小軍接著道：「除非是有當地勢力配合咱們——誒，華山離西安不遠吧？」

陳覓覓聽了說：「你想找華山派的人幫忙？」

王小軍一笑道：「都是江湖同道，這點小忙他們不會推辭吧？」

胡泰來道：「可是我聽江輕霞說，華山掌門是那種誰也不願意得罪的人，他肯為了我們得罪唐門嗎？」

王小軍兩手一攤道：「只是讓他幫忙找人，又沒讓他和唐傲拼命，就算論面子，我雖然不在鐵掌幫了，可覓覓還是武當派的重要人物，兩廂衡量也該幫我們，就是不知道怎麼才能聯繫得上他。」

陳覓覓想了想道：「你別說，我還真能聯繫得上這位華山掌門。」

王小軍和胡泰來同時意外地道：「你見過他？」

陳覓覓點頭道：「早年我每次放假都會和師父遊蕩江湖，見過他一面，出於禮貌，他給過我一張名片，如果他沒換電話的話……」

王小軍好笑道：「你不會隨身帶著好多年以前的名片吧？」

陳覓覓掏出電話撥號道：「不會，但是我有辦法啊。」電話通了之後，就聽陳覓覓道：「媽，你去我的抽屜裡翻翻名片，找一個叫華濤的人。」

王小軍回頭看看胡泰來，兩人均感愕然。

不一會兒，陳媽媽看來是找到了華濤的電話，陳覓覓要過王小軍的電話記下號碼，母女倆又聊了一會兒這才掛斷。

陳覓覓舉著電話輸入了剛查到的號碼，對兩人說：「要是換號碼就沒辦法了，咦，通了。」

王小軍小聲對胡泰來道：「武當小聖女就是非比尋常，抽屜裡隨便翻翻就能找到華山掌門的電話。」

電話很快通了，華濤含糊道：「哪位？」透著對陌生來電的提防和警惕。

陳覓覓道：「華掌門你好，我是陳覓覓。」

「陳覓覓？」

「我師父是龍游道人。」

「哦你好你好，原來是武當的小聖女呀。」華濤的語氣馬上變得熱絡起來，「淨禪子掌門別來無恙吧？」

「我師兄很好，多謝華掌門記掛。」陳覓覓一邊敷衍著，一邊用表情配合口型問王小軍：「我跟他說什麼？」

果然，華濤遲疑道：「你給我打電話……是有事兒嗎？」電話那頭鬧哄哄的，好像有人在飯桌上敬酒。

王小軍小聲道：「先別說找他幫忙，就說你剛好到西安來玩，準備去華山拜訪他。」

陳覓覓聽了，馬上回道：「是這樣，我和幾個朋友大概明天到西安，所以想去拜訪華掌門，不知道您方便不方便？」

華濤哈哈笑道：「歡迎歡迎，你來得巧，我現在就在西安，你什麼時候到？」

陳覓覓道：「明天一早。」

這時就聽電話裡有人在大聲招呼，似乎是讓華濤去喝酒，華濤匆忙道：「好，一會兒我把你電話給我大徒弟，他會和你聯繫的。」不等陳覓覓說再見華濤就掛了電話，大概是應酬去了。

陳覓覓對王小軍道：「看來華掌門很忙。」

王小軍看看錶道：「都十一點多了還在外面喝酒，不像是清心寡欲的武林人士呢。」

胡泰來道：「聽著挺熱情的。」

王小軍道：「咱們真要是找他玩的，他肯定熱情，就看明天說正事的時候怎麼樣吧。」他對陳覓覓說，「你不是見過他嗎？印象怎麼樣？」

陳覓覓回想道：「見誰都笑嘻嘻的，其他就不記得了。」

王小軍道：「那時你多大？」

「十來歲吧。」

王小軍嘿然道：「還是個小丫頭嘛，人家堂堂一個掌門居然正式發名片給你，你規格很高啊，我們那個年紀的時候，大人見了我們都是發糖。」

陳覓覓笑道：「我當時巴不得他發的是糖呢。」

王小軍推測道：「這說明這位華掌門做事滴水不漏，一般來說，這種人反而很難纏──我聽說他要派『令狐沖』來接咱們？」

這時陳覓覓手機響了。

一個粗嗓門漢子道：「我叫華猛，我師父讓我明天接你們。」

「辛苦師兄了，明天到了我再給你打電話。」

「嗯。」華猛應了一聲直接掛了。

王小軍咂咂嘴道：「可惜，華山首徒從玩世不恭、瀟灑癡情的令狐沖換成了猛將兄了。」

·第二章·

拳王保鑣

華濤道：「簡單來說，我想請你們給一個人當保鑣。酬勞嘛，每人一萬。」

王小軍道：「時間太長了我們可不幹！」

「就七天！」

「還是個有錢人啊。」王小軍驚道。

華濤道：「這個人名叫雷登爾，是美國重量級拳王！」

接下來就是開車趕路，不知不覺時間飛逝，他們到了西安城裡天才剛濛濛亮，車也不知道該往哪開好了。

王小軍道：「現在給猛將兄打電話是不是有點早？」

不等陳覓覓搭腔，華猛的電話已經打過來了，看來他也是心裡有事睡不踏實，問：「你們到哪兒了？」

陳覓覓道：「我們剛進西安。」說著報了路名。

「你們就在路邊等著，我過去大概需要半個小時。」然後又把電話撂了。

三人在車裡小憩了一會兒，華猛的電話又來了：「我到了，你們幾個人？穿什麼衣服？」

陳覓覓道：「我們的車牌號碼是×××××。」

與此同時，王小軍他們就見路口有輛七人座的商務車又是閃燈又是按喇叭，接著一條威猛的大漢跳了出來，衝他們使勁地招手。

王小軍把車開過去，那大漢等不及車裡的人出來，探頭道：「誰是陳覓覓？我是華猛。」

陳覓覓笑道：「我是，這是我的朋友王小軍和胡泰來。」

華猛看看三個人道：「嗨，我不知道你們開車來，也不知道你們幾個人，心說開個七人座夠了，這不是白開了嗎？」

王小軍和陳覓覓對視一眼，這漢子身高在一米九開外，三十歲左右，憨直都寫在臉上，雖然沒說一句客氣話，但是給人感覺很踏實，就像是親大哥來接弟弟妹妹們一樣。

「你們還沒吃早點吧？我師父一般不會起這麼早，咱們正好先吃點東西。」華猛說道。

胡泰來微微皺眉，武林人最講究練早功，現在都快八點鐘了，華濤身為一派掌門居然不給弟子們帶個好的起頭。王小軍卻道：「好呀，找個熱乎的就行。」

華濤二話不就上了車，然後道：「跟上我。」帶著三人到了一家肉丸糊辣湯的小店。

肉丸糊辣湯是西安很受歡迎的早點，牛肉丸和上土豆、菜花、芹菜等蔬菜，配花椒辣椒油煮到火候，湯做紅褐色，伴以白皮餅，醇香熱辣，王小軍吃完一碗鼻尖冒汗，隨即又要了一碗，陳覓覓和胡泰來也不甘示弱。

華猛見大夥吃得熱火朝天十分開心，當下道：「我正式介紹一下我自己，我叫華猛，是華山派的大弟子，我替我師父先歡迎各位的到來。」

陳覓覓簡單道：「我的名字你知道了，我是武當派的。」

華猛道：「我聽我師父說你輩分很高！」

陳覓覓擺手道：「那是在武當，咱們按年紀論就行了。」她不願意多說是怕引起別人的尷尬，好在華猛看來對她所知不多。

王小軍道：「我叫王小軍，以前是鐵掌幫的，現在不是了。」他又指著胡泰來道，「這是黑虎門的胡泰來，你叫他老胡就行了。」

華猛興奮地一拍桌子道：「見了你們這些正經的武林同道，我真高興。」

王小軍納悶道：「還有不正經的？你難道沒有師兄弟？」

華猛嘆口氣道：「我那些師弟也都在忙公司的事，平時難得見著，偶爾碰上了也沒時間多聊，至於我師父現在結交的那些朋友，不是總裁就是老總，無非是圖新鮮好玩跟我們學個一兩招，哪算得上武林同道？」

王小軍愈發疑惑道：「公司？」

華猛道：「我師父現在主要在西安活動，他手上主持了好幾個公司。」幾個人吃完早點還不到九點，華猛面有難色道：「我師父一般不會這麼早起，不過今天有貴客臨門，我給他打個電話試試。」說著走了出去。

胡泰來忍不住嘀咕道：「一派掌門，九點鐘還不起床……」

不一會兒華猛走了進來，歡欣道：「我師父說了，他這就去公司和你們見面——還是你們面子大啊。」

不一會兒到了鬧區一幢辦公大樓，華猛領著三人上了八樓，這是一座現代化的辦公大樓，通過樓層標識牌可以看到都是一些中小型的公司進駐，有廣告公司、仲介公司、出版公司、雜誌社等等。

幾人跟著華猛進了其中一間屋子，本來挺寬敞的地方被打成幾個隔間，有四五個人正在電腦前工作，華猛帶著三人直接進了華濤的辦公室。

辦公室倒是不小，裝修得古色古香，擺著各種檀香木的書櫃、博古架，胡泰來四下張望，沒看見任何和華山派有關的因素，只有牆上掛著一把裝飾用的寶劍。從擺設和佈局看來，華濤的公司比上不足比下有餘，總歸透著一股沒什麼錢還要硬撐大場面的局促勁兒。

華猛讓眾人落座，張羅著給大家泡普洱喝。然而，華猛雖然熱情，可是不怎麼會跟人聊天，幾個人默默地喝著茶。

又過了半個多小時，這時門一開，一個中年人走了進來，嘴上連連告罪道：「抱歉抱歉，讓幾位小友久等了，昨天睡得實在是太晚了。」

聽口氣正是華山派掌門華濤。從外表看，他年紀到不到五十的樣子，長得一張天生的笑臉，很容易讓人產生親近感，但是從凸出的肚腩看不太像武林人，眼袋也耷拉著，有種宿醉未醒的疲憊感。

王小軍他們紛紛站起道：「華掌門。」

華濤一愣，往下按按手道：「都坐吧，好久沒聽人叫我華掌門了，哈哈。」

華猛介紹道：「師父，這是王小軍，這是黑虎門的胡泰來。」

華濤擺出一個笑臉，像有什麼話要說，最後卻只是樂呵呵道：「挺好挺好，後生可畏。」其實誰都能看出，他是不知道該說什麼更進一步地套交情，只好隨便敷衍一句。

為了緩解尷尬，華濤看著陳覓覓道：「覓覓是吧，上次見你還是個小孩子呢，現在長成大姑娘了。」

陳覓覓靦腆道：「是啊，都好多年以前的事了。」

華濤道：「論輩分，我師父和你師兄是同輩，這麼算起來的話，你比我還長一輩呢。」

陳覓覓急忙道：「那是武當的排法，咱們就按歲數論好了，你肯定得是前輩，我以後就叫你華叔叔吧。」

華濤笑道：「這個好，華掌門華總什麼的都太見外，你們以後乾脆都叫我華叔得了。」

陳覓覓客氣，華濤也就借坡下驢，不然五十歲的人喊一個十八九的小姑娘前輩，自己尷尬不說，讓別人也看笑話。

華濤敦促眾人落座，端過華猛遞上的茶水喝了一口道：「我聽說你們是開車來的，現在流行自駕遊，怎麼，到西安想玩些什麼？我讓華猛先陪你們大雁塔碑林轉轉，周邊的華清池兵馬俑單找一天……」

陳覓覓道：「華叔叔，實不相瞞，我們這次來找你，是有事相求。」

華濤微微一愣，隨即恍然道：「我就知道，武當小聖女到西安玩，找我這個華山派掌門幹什麼？說吧，什麼事？」

胡泰來急道：「我們要找一輛奧迪A6，是吉祥車行的車——」

陳覓覓攔住他，對華濤道：「事情是這樣的，唐門的大小姐唐思思是我們的朋友，她爺爺給她安排了一門婚事，所以派唐門的人把她帶走了，我們現在要做的就是找到她。」

華濤的笑容僵在臉上，遲疑道：「這事兒啊……」

王小軍道：「華叔只要幫我們找到這輛車就行，其他的一律不用你操心，事後我們也不會透露是你幫我們的。」

透過短時間的接觸，王小軍已經感覺到華濤是那種八面玲瓏的人，這種人是絕不會無緣無故得罪人的，所以儘量想讓他寬心。

華濤道：「這種事嘛，瞞是瞞不住的，我只要幫了你們，唐門自然會把帳算到我頭上。」忽然話鋒一轉道：「找人是個繁瑣活兒，少則三五天多則十來天，這段時間你們有什麼打算？」

王小軍看看陳覓覓，沉吟道：「呃，還沒想好。」

華濤道：「現在我有個事兒需要武林同行幫忙，你們要不要考慮一下？」

胡泰來道：「你說！」

華濤道：「你們武功怎麼樣？」

胡泰來道：「我武功很好！」他這是為了唐思思拼了，以前他可不會這麼說話。

華濤道：「那我讓我大徒弟跟你過幾招，不冒昧吧？」

胡泰來起身擺開架勢道：「來吧！」

華濤衝華猛點點頭，華猛便也起身道：「那就得罪了。」

「不必客氣。」胡泰來料想對方以主人的身分不會先出手，於是右拳呼地擊出。

華猛張開左掌包住胡泰來右拳，接著自己的右拳也擊了出去，只見他拳形很特別，平常人出拳都是用大拇指覆蓋住食指和中指，他則是把拇指藏在食指下面，讓食指的第二個關節凸出，形似一個小的擊打器。

陳覓覓小聲對王小軍說：「這是點穴拳，中上一下就後患無窮。」

胡泰來見對方也是使拳，不禁眼前一亮，抬起左臂往下一按，將華猛的攻擊盡數化解。這兩個人身材相當，一對上手又是勁敵，就在有限的空間裡你來我往地格鬥起來。

就招式而言，胡泰來永遠是那麼簡單直接，華猛則不停變換套路，兩人都是從小練的童子功，一招一式勁道十足，隨著二人拳頭對撞，茶杯裡的水波紋也不住一圈圈蕩開。

華濤看得不停點頭，終於擺手道：「好了，這位小胡兄弟功夫確實漂亮。」胡泰來和華猛各退一步，意猶未盡又惺惺相惜。

接著華濤用眼神示意王小軍和陳覓覓，意思是想讓他們兩人也露一手。

王小軍嘿嘿一笑道：「我們倆就不獻醜了。」

華濤不以為意道：「嗯，憑小胡兄弟的功夫，幹這件事已經綽綽有餘了。」

王小軍好奇道：「你到底想讓我們幹什麼？」

華濤道：「簡單來說，我想請你們給一個人當保鑣。」

王小軍道：「時間太長了我們可不幹！」

華濤道：「就七天！酬勞嘛，每人一萬。」

「還是個有錢人啊。」王小軍驚道。

華濤一笑：「當然是有錢人，你見過窮人請保鑣的嗎？」

胡泰來糾結道：「這人是誰，為富不仁、做了虧心事的那種我們可不保。」

華濤笑道：「仁不仁我不知道，我只知道他打倒過很多人。」

胡泰來一聽，立即表態道：「土豪惡霸我們也不保。」

華濤道：「這個人名叫雷登爾，是美國重量級拳王！」

「雷登爾？」胡泰來驚詫道。

「你認識？」王小軍比他還驚詫，他沒想到胡泰來也追星。

「法布雷切・雷登爾，蟬聯過兩屆ＷＢＡ重量級冠軍，同時是被ＷＢＣ和ＩＢＦ公認的重量級拳王，是少有的被冠以『偉大』字樣的拳手。」胡泰來如數家珍道。

王小軍好奇道：「你怎麼知道的這麼清楚？」

胡泰來兩眼放光道：「我師父從來不讓我們看電視，只有他的拳賽是例外，我們黑虎拳追求的是人類體力和爆發力的極限，我師父認為雷登爾已經幾乎接近了，他的拳重可以達到兩百公斤，曾十一次打滿十二場回合的賽事，並且都贏得了比賽，這是非常了不起的。」

王小軍道：「這麼厲害的人為什麼還要請保鑣呢？」

華濤道：「說是保鑣，其實是助理，我們公司業務涵蓋很廣，旅遊、保全、明星經紀，七天後雷登爾和俄羅斯拳王瓦肯斯基在西安有一場公開賽，期間的保全和生活起居都由我們負責。」

王小軍問胡泰來：「瓦肯斯基你認識嗎？」

胡泰來搖頭。

陳覓覓道：「雷登爾現在人在哪裡？」

華濤道：「下午的飛機到西安，你們要做的工作很簡單，基本上把他當個明星看就是了，不要讓他和粉絲過度接觸，照顧他的一日三餐。說白了，他又不是政要，有人想害他的可能性很小，我是一時騰不出人手來，所以才請你們幫忙。」

陳覓覓思索了一下道：「這活兒我們接了，但是，如果唐思思那邊一有消息我們立刻退出，當然，酬金也一分錢不要。」

華濤爽快地同意道：「好，再過幾天我也就騰開人手了，你們想走隨時都可以。」

胡泰來道：「那思思的事就多拜託華掌門了。」

華濤看看錶道：「那就這麼說定了，我中午還有個飯局，下午我讓華猛帶你們去機場接人，接下來的事就全歸你們了，雷登爾這七天的行程都安排好了，你們只要按流程執行就行。」

機場。

王小軍問胡泰來：「馬上要見到偶像的感覺怎麼樣？」

胡泰來只是笑笑，要是平時他可能很興奮，不過這會兒因為擔心唐思思，所以顯得鬱鬱寡歡地。

王小軍四下張望，左看右看也沒見到什麼粉絲團，這時他們要等的航班已經降落，出口處開始斷斷續續有人出人。王小軍滿心期待，很想目睹一下巨星的風采。

隨著出來的人越來越多，一個健碩的黑人懶洋洋地晃悠出來，胡泰來道：「那就是雷登爾！」

王小軍第一印象有點失望，雷登爾身形沒有想像中的高大，而且滿臉鬍髭，但是他的隨行隊伍十分壯觀——五個鐵塔一樣的黑人保鑣一色黑西服黑墨鏡，把他團團圍護在中間，華猛往前一走，立刻被其中一個保鑣攔在安全範圍之外。

與此同時，機場裡不知從哪裡忽然冒出無數粉絲，一起擁向雷登爾，這些人都是拳擊運動的忠實粉，這時見了仰慕的偶像，人人奮勇爭先往前擠，那五個黑人保鑣見狀，立時組成一個「人」形的梯隊把雷登爾護在正中，強行從人群裡穿插而出，雷登爾則一副事不關己的樣子，耳朵裡塞著耳機，不苟言笑地信步走著。

華猛這時終於和對方的翻譯接上了頭，一邊使勁扒拉著人群，一邊大聲喊：「王小軍，快去開車——老胡，你愣著幹什麼，掩護！」

王小軍和胡泰來這才想起自己的本職工作，一個飛跑著去開車，一個幫著眾保鑣分散人群。

當王小軍手忙腳亂地把車開過來時，眾保鑣護著主子一頭鑽進來，除了胡泰來和陳覓覓跟著上來之外，多出來的一個保鑣只好上了華猛的車。

等關了車門上了路，王小軍才稍稍鬆了口氣。

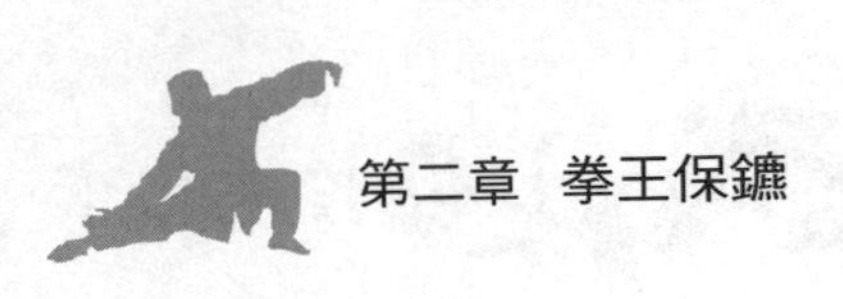

雷登爾的翻譯是個年輕的黑人，看看車裡的三個中國人，便用半生不熟的中文跟王小軍確認道：「你是司機，小姐是助理，還有一個是你們中方的保鑣？」

王小軍硬著頭皮道：「是！」他連駕照都沒有，可是陳覓覓現在還開不了車，所以只能將錯就錯了。

雷登爾這時拔下耳機，忽然伸出手對王小軍道：「Hey man，give me five！」

王小軍詫異道：「你跟我要五塊錢幹什麼？」

比爾無語：「他是要跟你擊掌打招呼。」

王小軍不苟言笑道：「安全駕駛最重要，還是免了！」他小聲嘀咕，「我還以為老黑們想仗著人多搶錢呢。」

雷登爾大概是覺得出於義務，該和負責自己未來幾天的「地陪」打聲招呼，於是他又和胡泰來擊掌去了。

等出了機場，王小軍才發現自己還不知道該去哪兒，他小聲對陳覓覓道：「覓覓，咱們去哪個酒店？」

陳覓覓一愣道：「啊？我怎麼知道？」

「華猛剛才不是給了你一張表嗎？」

陳覓覓想了想才吃驚道：「我忘了帶了。」

王小軍無語凝咽。

雷登爾在一旁幽幽地道：「咱們應該先去唐宮酒店。」這句話說得字正腔圓，比那個翻譯好多了。

王小軍吃驚道：「你會說中國話啊？」

雷登爾道：「我十歲就在唐人街打工了，你說呢？」

王小軍顧不上搭腔，掏出手機邊開車邊打字，雷登爾好奇道：「你幹什麼呢？」

王小軍赧然道：「我導個航……」

雷登爾在粉絲面前很漠然，私底下倒是沒什麼架子，他身上有種黑人的慵懶和隨性，話裡話外能看出他和大部分拳手一樣，從小沒怎麼受過教育，有個窮困潦倒的童年和荷爾蒙爆棚的青春期。拳王的身分、地位、財富都是他一拳一拳打出來的，所以雷登爾很張揚，對什麼都無所謂，不過這些特質並不令人討厭。

借著導航，王小軍磕磕絆絆地到了酒店，陳覓覓拿著一干人的證件去辦

入住，為了不引起騷亂，雷登爾就在車上等她。

也許是看到了胡泰來眼神裡那種粉絲才會有的熟悉光芒，雷登爾一笑道：「你有什麼想問我的問題嗎？」

胡泰來毫無驚喜地問：「對瓦肯斯基這場比賽你有信心嗎？」

雷登爾不正面回答，笑道：「我的戰鬥宣言是什麼？」

胡泰來馬上道：「早點結束戰鬥，回家洗澡睡覺！」

雷登爾打個響指：「雖然這是我經紀人幫我想的，不過卻很能代表我此時的心情。」

胡泰來這時忽然道：「其實我還有個問題想問你——在防守階段，對手出拳之後給你的反應時間往往不足零點幾秒，你是怎麼判斷他的攻擊方向的？」

雷登爾稍稍一愣，隨即嬉笑道：「一半靠經驗一半靠預感，換個說法，就是辛勤和天分。」

胡泰來遲疑道：「天分固然重要，但我感覺占不到一半比重那麼大。」

「哦？你以前也當過拳手？」

「那倒沒有，我就是隨便說說。」

雷登爾道：「聽說中國功夫很厲害，你會嗎？」

胡泰來謙遜道：「會字不敢說，練過。」

雷登爾隨口道：「那我們找個機會比試一下。」

胡泰來這次沒有任何矜持，鄭重道：「好的。」

把人送到以後，華猛就先走了，陳覓覓過了好久才把入住手續辦好，小聖女何曾伺候過人，這樣簡單的事也忙得暈頭轉向。

房間準備好了，雷登爾剛下車就被一大群記者圍住，各式各樣帶著自家標誌的麥克風支向雷登爾，包括體育台、娛樂頻道、本地電視臺的記者七嘴八舌地提問，閃光燈不停曝光。

胡泰來這次不忘本職工作，率先殺出一條血路在前面開道，等他衝進賓館裡面才發現雷登爾還在原地，正好整以暇地讓翻譯替他挑選該回答的問題，然後用簡單的英語作答，一邊閒適地招手、微笑。胡泰來只好又悻悻地擠了進來。

雷登爾大概在門口逗留了五分鐘，記者和粉絲們越聚越多，最後還是酒店經理虛晃一槍，說十五分鐘後有正式的媒體見面會，把眾人帶到安排好的場地去了。

陳覓覓擦了一把額頭上的汗水小聲問王小軍：「我是不是又失職了？」

雷登爾掃了她一眼，無奈地聳了聳肩。

媒體見面會就安排在訓練場，這是由酒店的小型酒吧臨時改的，酒店對能接待雷登爾這樣重量級的人物自然也十分上心，訓練場的一切都按拳擊手平時訓練時的場景佈置，拳臺是臨時搭建的，其他器具一應俱全。

雷登爾很快以參加拳賽時的打扮出現了，他身著紅色短褲，披著紅色斗篷，戴著拳擊手套走上拳臺，一邊象徵性地揮了揮拳，拳臺下面的記者和少數被允許入場的粉絲集體歡呼喝彩。

拿到日程表的陳覓覓忐忑道：「媒體見面會預定是半個小時，一會兒你們記得提醒我。」

這時記者提問環節開始，第一個提問的記者千篇一律地問：「瓦肯斯基是最近風頭正勁的拳手，你對這場比賽有信心嗎？」

王小軍小聲道：「他又要拿他的戰鬥宣言說事了！」

果然，雷登爾大聲道：「我的戰鬥宣言就是『早點結束戰鬥，回家洗澡睡覺』，我不管他是不是風頭正勁，這是我對所有對手的態度！」

臺下一片譁然，誰也沒料到雷登爾會說一口流利的中文，這時雷登爾甩掉斗篷，對鏡頭揮拳道：「瓦肯斯基，這裡是你職業生涯的終結，你會後悔來中國的。」

臺下閃光燈亮成一片，伴以粉絲們的掌聲和歡呼。

胡泰來盯著雷登爾道：「看著不壯，但是幾乎沒有一絲多餘的脂肪，難怪他可以成為最強大的拳手。」

例行的問題問完，記者們開始隨意發揮，大多也就是「你對中國感覺怎麼樣」「你以前來過西安嗎」這樣的閒聊。雷登爾談笑風生，對答如流。

王小軍道：「老黑口才不錯呀。」

「時間到了！」陳覓覓這次終於有了職業自覺，等雷登爾又回答了一個問題之後，立刻走上拳臺搶過麥克風道：「謝謝大家的到來，雷登爾先生剛到中國需要休息，然後馬上要進入閉關訓練階段，咱們比賽那天再見。」

這時，下面忽然有人高喊：「雷登爾是紙老虎，瓦肯斯基必勝！」

眾人愕然，誰也沒想到瓦肯斯基的粉絲混了進來，現場出現了小小的混亂，好在大部分都是記者，一愣的工夫，王小軍已經手疾眼快地捏住那人的脖子把他叉了出去。

雷登爾的心情倒是並沒有因此受到影響，見面會結束以後，他問陳覓覓：「接下來有什麼安排？」

陳覓覓看著行程表說：「晚餐就在酒店，然後你休息，明天開始訓練。」日程表上確實是這樣寫的，這七天除了每天的一日三餐外，幾乎所有空餘時間寫著「訓練」，使那張表看起來十分單調，卻也很觸目驚心。陳覓覓心裡也由此衷心佩服，看來想成為最強大的職業拳手，確實是要付出常人難以做到的艱辛。

沒想到雷登爾笑嘻嘻道：「時間這麼早休息什麼？我打算開一個趴，你幫我找些嘉賓過來吧。」

陳覓覓一愣：「找什麼嘉賓？」

雷登爾道：「就是女孩——漂亮女孩。」他神色閃爍地盯著陳覓覓道，「也歡迎你來參加哦。」

陳覓覓一聽火了，把行程表拍在雷登爾的身上道：「這種事你自己幹！」

王小軍和胡泰來見陳覓覓氣咻咻地走過來，急忙問她怎麼了。陳覓覓攤手道：「居然讓我幫他找辣妹來。」

王小軍嘿然道：「大戰在即，你的偶像倒是很有閒心，老胡，你喜歡的偶像都這樣嗎？」

胡泰來面紅耳赤道：「也許不是你們想的那樣呢。」

王小軍駁斥道：「那還能怎樣，難道他找一幫鶯鶯燕燕在屋子裡鑽研拳法？」

雷登爾還真是神通廣大，沒過多久，「嘉賓」們就來了，有身材傲人的黑妞、金髮碧眼的白妞、自然少不了本土妹，甚至連「薩瓦迪卡」和「擦朗嘿呦」都來了不少。

雷登爾的總統套房裡音樂大作，服務生把各式酒水送了進去，雷登爾和他的保鏢翻譯們和嘉賓們歡聚一堂其樂融融。

雷登爾大概是忽然想起少了人，探出頭來，見三人貼牆站著，於是擠眉弄眼道：「進來玩呀。」

「呃，不用了。」胡泰來急忙擺手。

王小軍嘿然道：「情我們領了，萬一這當口有情況，總得有站著的人不是？」

雷登爾看看陳覓覓沉著的臉，問也不問直接把門關上了。

陳覓覓嘆氣道：「其實別人怎麼生活跟我沒關係，我只是替老胡不值，

雷登爾好像並不尊重他的職業。」

這時服務生又推著一車酒過來，陳覓覓抽走三瓶啤酒遞給王小軍和胡泰來，裡面在開聯合國聯誼會，三人只能隔著門坐在走廊裡喝啤酒。

胡泰來落寞道：「明知道送進去的每樣東西都對他身體有害，可是又不能管。」

王小軍勸道：「別搞得那麼悲情，他贏輸關咱們什麼事？我看雷登爾就是來中國撈錢的，那個瓦肯斯基名不見經傳，無非就是想輸給老雷打打知名度，你要是老雷，你也不會每天沐浴焚香等著這一戰吧？」

胡泰來面色嚴肅地道：「尊重對手就是尊重自己。」

「得，算我沒說。」

陳覓覓掏出手機看了一會，冷不丁道：「瓦肯斯基可不是名不見經傳，他是近三年來俄羅斯毫無爭議的拳王，席捲了一切對手，六十九戰全勝，四十三次ＫＯ，有一名對手被他打死在拳臺上，由此得了一個外號叫『殺人犯』，他的平均拳重達到了一千磅，最重要的，他比雷登爾年輕了十歲！」

胡泰來聞言，終於忍不住站起身來道：「我還是去勸勸雷登爾吧。」

他敲門進去，就聽雷登爾已經有些微醉的聲音嚷嚷道：「嘿！我的朋友快來，你是喜歡高頭大馬還是小鳥依人的，或者你對我有興趣？」說著哈哈大笑起來。

胡泰來一句話沒搭上又出來了。

王小軍故意道：「你怎麼沒勸他？」

胡泰來支吾道：「我沒找到他。」

王小軍大樂道：「別編了，我們都聽見了，沒想到雷登爾還睡粉絲！」

……

雷登爾的轟趴搞到將近天亮才結束，行程表上的「八點三十分訓練」也就無疾而終，事實上，雷登爾是下午三點多才起床，磨磨蹭蹭吃了午飯天又快黑了，於是第二天的派對再度開始，打扮入時的各國辣妹又歡聚一團。

·第三章·

黑虎掏心

胡泰來身在半空遞出一拳，雷登爾胸口和臉上同時中拳，砰地一聲被打得飛出老遠。雷登爾從地上爬起來，晃晃有些暈眩的腦袋，義憤填膺道：「你這是什麼招數？」

胡泰來道：「黑虎掏心，是黑虎拳裡很普通的一招。」

這樣的日子一過就是三天，這幾天裡，王小軍雖然每晚都去站崗，但他連雷登爾的面都很少見，倒也樂得清閒。

華濤一直沒有再出現過，只有華猛打過幾個電話。

第四天的晚餐，主辦方安排在西安一家有名的中餐廳進行，目的就是要在賽前進行最後一次宣傳，雖然爭霸賽的票早就預訂一空，不過金主還是想造造勢，為以後類似的比賽打打基礎。也順帶讓美國拳王親近一下中國美食。

王小軍這次早早摸好路線，帶著雷登爾一行人趕奔飯店。

雷登爾的翻譯自打來了就沒管上什麼用，他也清楚雇主基本上不需要他，這幾天自得其樂地旅遊去了，雷登爾和他的保鑣們個個精神不振地爬上車，這幾天夜夜笙歌下來，他們看上去比參加了高強度訓練還要疲憊。

車子剛到飯店門口，記者們就又都圍了上來，雷登爾戴上墨鏡，下車後直接在保鑣們的護送下進了飯店。胡泰來又比別人慢了一步，他以為雷登爾會像上次那樣接受短暫的採訪。

說到底，隔行如隔山，在「保鑣」這個位置上他總感覺力不從心，結果就是雷登爾他們進了飯店，王小軍他們三個反而被擋在了記者後面。……

王小軍尷尬地直搓手道：「這老雷怎麼老不按套路出牌？」

陳覓覓猜測道：「可能是外國人比較注重個人隱私，所以吃飯的時候不接受採訪？」

三個人進了飯店，一樓大廳已經坐滿了人，今天的位子都是雷登爾來中國以前就預訂出去的，來的自然都是拳擊愛好者，這會兒人手一台照相機，只等雷登爾現身。

王小軍急忙問最近那張桌上的光頭大漢：「雷登爾哪兒去了？」腆著臉道：「我們不是粉絲，我們是他的保鏢。」說著給大漢看了證件。

光頭大漢看罷，無語地指了指二樓。王小軍他們急急火火地跑上二樓，終於在一個大包廂裡找到了雷登爾，這會兒雷登爾正在練習用筷子夾花生，見了三人，只是無奈地聳了聳肩，一副本來也沒抱希望的樣子。

今天飯店的二樓不對外開放，菜式自然也是早就預備好了的，所以沒等多久，服務員就開始上菜了。

雷登爾私下裡沒什麼架子和規矩，保鏢們就和他在一張桌子上吃飯，老黑們天天紙醉金迷，正經的中國菜還是頭一次吃，一個個吃得眉開眼笑的。

正在這其樂融融的當口，門外忽然走進一群高大的白人，為首的那個在

屋裡掃了一眼，不知說了句什麼，他身後的人哄然大笑。

這群人一個個身高體壯，威勢驚人。王小軍錯愕道：「你們誰呀？」那白人壯漢身邊的人道：「這位是瓦肯斯基——」看樣子他是瓦肯斯基的翻譯。

王小軍問：「你們的斯基剛才說什麼了？」

白人翻譯嘿嘿一笑，輕挑地道：「他說屋裡有一群美國黑人小妹妹在吃飯。」

王小軍皺眉道：「別找事，趕緊走吧。」他沒想到瓦肯斯基今天居然在同一家飯店吃飯，兩個勢必要拼個你死我活的拳王狹路相逢，一方已經出言挑釁讓氣氛變得劍拔弩張，他想盡力息事寧人。

雷登爾倒是顯得很冷靜，他雖然聽不懂俄語，但是翻譯的中國話卻是懂的，他目光灼灼地盯著瓦肯斯基，瓦肯斯基不但沒有離開，反而走到飯桌前伸手抓起一片肉塞進嘴裡。

這個俄羅斯壯漢看著要比雷登爾強壯不少，他的瞳孔和眼睛都呈現出一種死灰色，一看就不是善類，瓦肯斯基也盯著雷登爾用力咀嚼著，就像是在嚼對方身上的肉似的，然後嘴裡嘰哩咕嚕又說了一串俄語。

「聽說你在媒體前宣稱我會後悔來到中國，這句話說的應該是你自己才對！好好享受你在中國的最後幾天吧，說不定你會埋在這裡。」

翻譯飛快地把俄語翻譯成英語和中文，瓦肯斯基撂下狠話，然後把嘴裡嚼爛的肉吐在桌子上，張狂地大笑起來。

這時雷登爾終於忍無可忍，罵了一句國罵：「Fuck You！」

這兩個字誰都聽得懂，瓦肯斯基陰陽怪氣道：「Comeon，BaBy！」說著張開雙臂，還誇張地扭動著胯部。他身後的保鏢們又是一陣大笑。

雷登爾這次沒有多說，起身一個衝拳砸向瓦肯斯基，而瓦肯斯基似乎早就在等這個機會，他的右直拳後發先至地直奔雷登爾的面門，雷登爾瞬間舉起左臂抵擋，砰的一下被打得退了幾步，他怒火中燒，調整步伐再次出拳。

王小軍見是雷登爾先動的手，怕這事曝光自己這方不占理，就坐在兩人中間，這時冷不丁站起張開左臂，把雷登爾的攻擊夾在肋下，嘴裡連聲道：

「老雷，冷靜啊！」

瓦肯斯基大喜，他自然不會錯過這樣的機會，趁雷登爾被王小軍牽制住的當口，他的右拳凶狠地砸了過來，王小軍無奈道：「你也冷靜冷靜吧！」說著張開右臂，把瓦肯斯基的拳頭夾在另一邊胳膊肘裡，雷登爾和瓦肯斯基的右拳全被他鎖住。

但兩人都是拳王，心思也都是一樣的迅速狠絕，同時用左拳攻擊對手，王小軍腰身一擰轉了個圈，這兩人的拳頭便全打在了空氣裡。

王小軍勸阻道：「你們再這樣，我不客氣了啊。」

雷登爾和瓦肯斯基的保鑣們見雇主動上了手，雙方一起往前撲，眼看就要成群毆之勢，陳覓覓言簡意賅地對胡泰來道：「一人管一邊！」她起身雙掌在最前面的老俄身上一推，那壯漢幾乎是直接飛出了門外，她墊步擰身，如法炮製地把剩下幾個保鑣全甩了出去。

胡泰來雙臂張開，靠樁馬力把黑人們攔住，一時間屋子裡頓時涇渭分明地分成三個陣地，陳覓覓守在門口，胡泰來攔在牆角，王小軍和雷登爾還有瓦肯斯基則在當地僵持不下。

王小軍漸漸失去耐心，忍不住叫道：「老雷，你給我個面子，先撤一步行不行？」

雷登爾只覺右拳像被吸進了黑洞一樣，別說往前打，就連手指也難得伸展，心裡駭異不已，只好道：「好！」

王小軍鬆開左臂把他吐了出去，但他在瓦肯斯基眼裡是雷登爾這邊的人，瓦肯斯基勃然大怒之下又把左拳砸了過來，王小軍只好左掌一拍一抓，運上內力牢牢地把對方的拳頭捏住，瓦肯斯基雙拳被鎖住，腦門上的汗頓時狂冒不止。

王小軍左手捏著瓦肯斯基的左拳，右胳膊肘裡夾著他的右拳，瓦肯斯基比王小軍高一個頭，這時貓著腰，疼得呲牙咧嘴。王小軍這會兒也是騎虎難下，唯恐自己一放手瓦肯斯基就又撲上來，對方怎麼說也是世界級的拳王，一千磅的拳頭可不是鬧著玩的。

這時屋子裡還有一個人是安然無恙的，就是那個翻譯，不過他早已傻了眼，呆若木雞地站著。王小軍大聲道：「喂，快給你家主子翻譯過去：說我現在就放開他，但他不許鬧事，想打架，再等幾天去擂臺上打！」

翻譯這才回過神來，對瓦肯斯基說了一大串俄語。瓦肯斯基瞪著王小軍，最後無奈地點點頭。

王小軍雙臂一抖把他推到牆邊，那翻譯二話不說拉著瓦肯斯基就往外跑，瓦肯斯基似乎也沒什麼鬥志了，回頭衝王小軍嚷了一句什麼，然後才走出門外。

屋裡又只剩下了雷登爾和他的保鏢們，他們呆呆地看著王小軍。良久之

後，其中一個保鑣才討好地衝他伸出寬大的手掌：「Give me five！」

王小軍嘿嘿一笑道：「沒錢！」他問雷登爾，「這飯你還吃嗎？」

雷登爾默默地站了起來，自從瓦肯斯基走後，他好像一直在思索著什麼事情，就像一個耍酷青年忽然變成了憂國憂民的文青，畫風轉折得有點生硬。

王小軍揮手道：「回酒店。」一馬當先地下了樓，雷登爾低著頭混在老黑們中間，一樓的粉絲們見雷登爾這麼快就下來了，又是一陣狂拍，光頭大漢見了王小軍遙遙招手道：「哥們，別再把我偶像弄丟啦。」

眾人上了車準備出發，因為這頓飯結束得比原定時間要早，所以趕上了交通尖峰，王小軍的車技在荒郊野外還湊合，這時要不停地換擋、剎車、啟動，這車讓他開得抽抽噎噎，一小段路就熄了五次火，看得老黑們大搖其頭。

「讓我來開吧。」雷登爾忽然在一個等紅燈的路口說。

「這……不合適吧？」王小軍覺得很不好意思，哪有雇主給保鑣當司機的？

「合適。」雷登爾把王小軍替下來，順利地把車開回了酒店。

在房間門口，雷登爾對王小軍他們道：「你們也回去洗個澡，二十分鐘後訓練場見。」說著先進屋去了。

王小軍納悶地跟胡泰來說：「你的偶像怎麼了？難道他要在訓練場開個百人轟趴？」

胡泰來嚇了一跳：「不會吧。」

三人各自去洗了把臉，心事重重地到了臨時改建的拳臺——這還是他們自開完媒體見面會後，第一次來這個地方。

想像中的香豔場景並沒有出現，訓練場裡只有拳擊臺周邊的燈開著，此外空無一人。

「辣妹們還沒到？」王小軍好奇地四下張望，忽然發現場邊的椅子上坐著一個人，正是雷登爾。

三人走過去，就見雷登爾已經換上了訓練服，此刻正低垂著頭坐在那裡，一副鬱鬱寡歡的樣子。

王小軍和他接觸了這幾天，還是第一次見他這副表情，不禁小心翼翼道：「老雷……其他人呢？」雷登爾以前去哪兒都要帶著他的保鑣們，這會兒卻一個不見。

雷登爾垂著頭道：「我讓他們走了。」

王小軍吃了一驚道：「去哪兒了？」

「回美國了。」雷登爾猛地抬起頭來道：「我不需要保護，因為真正想傷害我的人在拳擊臺上等著我，我不可能帶著保鏢上臺去比賽。」

王小軍儘量用柔和的聲音道：「老雷你到底怎麼了？」他看出雷登爾意志非常消沉。

雷登爾目光灼灼地盯著他道：「你覺得我會打贏瓦肯斯基嗎？」

王小軍甩手道：「這我哪知道？我只見你好像也不怎麼上心，考試前不好好複習的，要麼是極品學霸，要麼是極品學渣，但凡想考六十分的也不是你這樣。」

胡泰來則是鼓勵雷登爾道：「你一定能贏！」

「不，我贏不了瓦肯斯基！」雷登爾盯著胡泰來，冷不丁冒出一句。

王小軍倒吸了一口冷氣，陳覓覓和胡泰來也相顧失色，離比賽還有四天時間，誰也沒想到雷登爾會說這樣的話，他們見老黑每天睜眼就嗨，還以為他是胸有成竹呢。

雷登爾喃喃道：「我早就知道我不是他的對手，剛才那一拳之後，我就更清楚這一點了。」

「剛才？」王小軍回憶著，在他的干涉下，雷登爾和瓦肯斯基的衝突剛開始就消弭於無形，他很快想起來了：瓦肯斯基確實出了一拳，被雷登爾用手臂擋住了。

雷登爾揉著胳膊道：「他的速度、拳重都是我遇到過的對手中最強的，我已經打不出這麼強勁的拳了！」

胡泰來驚訝道：「這些你來中國之前就知道了？」

雷登爾點點頭。

「那你為什麼還要跟他比賽？」胡泰來表情很複雜，看到偶像淪落是件令人唏噓不已的事。

「為了錢……」雷登爾無奈地說。

王小軍一拍大腿：「真讓我說中了，你真是來中國撈錢的，不過我沒想到你是抱著必輸的決心。」

胡泰來神色漸漸凝重道：「這不是什麼決心，這根本是詐騙！」他提高聲音道，「你沒有信心還來幹什麼？」

雷登爾苦笑道：「因為我馬上就要破產了。」

王小軍詫異道：「不會吧，拳王不是都很有錢嗎？富比士上經常出現你們這種人──別告訴我你都捐給某某小學了。」

雷登爾手一攤道：「我以前是很有錢，但那些都變成了豪車、豪宅、豪艇。」

王小軍不悅道：「你把那些東西變現了不還是錢嗎？」

雷登爾無辜道：「變不了現──我離過兩次婚，那些東西都是我前妻們的了，我還有無數的緋聞和官司要去應付，這都需要大量的金錢。我已經沒什麼錢了，我需要拿到這筆出場費。」

王小軍拍著胸脯看著陳覓覓道：「離婚太可怕了，我以後一定對我老婆從一而終！」

陳覓覓白了王小軍一眼，想說什麼，終究欲言又止，她可不傻，這句話擺明了是陷阱題。

胡泰來抓住雷登爾的肩膀道：「那你也不用這麼想，你是拳王，只要擊倒對手，你就會東山再起的，別說你贏的近百場比賽全是靠運氣，我看過你的拳賽，你當得起偉大兩個字！」

雷登爾再次苦笑道：「你上次看我比賽是什麼時候？」

胡泰來一愣道：「好像是幾年以前了。」

雷登爾無力道：「對啊，這幾年我都沒比賽了，而且——我很久沒經過正常的訓練，我今年三十三歲，按現在的狀態，前年就該退休了。」

說到後來，雷登爾幾近崩潰道：「我老了，不復當年之勇了。」

王小軍不知道該說什麼，只好勉強乾笑道：「也沒什麼好難過的，拿完這筆出場費你就宣布退休，回美國以後，做做綜藝節目，讓別人拿你開尋開心，日子也照樣能過。」

雷登爾猛然道：「可是我不想過這樣的日子，在我巔峰的時候，最強悍的對手也不敢拿正眼看我，我在中國天天買醉，無非是做樣子給別人看，想讓媒體把我的失敗歸罪於酒色，讓世人對我還能保持起碼的尊重，可我發現我太幼稚了，瓦肯斯基迫不及待想侮辱我，因為他知道我已經保不住我的頭銜了。你們知道嗎，剛才我和他針鋒相對的時候，甚至心中有一絲恐懼。」

胡泰來冷冷道：「贏就是贏，輸就是輸，這世上從來沒有『輸得好看』這種事情，你是罪有應得！」

王小軍詫異道：「老胡，你是啥時候變這麼冷酷啦？」

胡泰來說出這種話，確實讓王小軍和陳覓覓都很驚訝，他為人雖然耿直，可這種在別人傷口上撒鹽的事卻從不會幹。

其實胡泰來有胡泰來的底限，雷登爾就算在拳臺上被打敗，一點也不影響他對偶像的尊重，但是跑到中國來騙錢就是另一回事了，這讓他有種被玩弄的憤怒感。

雷登爾看著胡泰來有些不悅道：「嘿，哥們，說話別那麼刻薄，每個人都有每個人的難處，我要是不來這兒，就得去街頭討飯了。」

胡泰來教訓道：「男子漢大丈夫但求問心無愧，要飯也比騙錢強，你讓你的拳迷們看什麼？看他們的偶像如何被打倒嗎？」

王小軍反駁道：「老胡，你也別站著說話不腰疼了，他以前過的是那樣的日子，你讓他要飯還不如給他一槍算了。」

雷登爾憤怒地道：「我以前流的汗不比你們任何人少，現在我老了，這是自然規律，我又有什麼辦法？」

王小軍看看他的打扮道：「你穿成這樣想幹什麼，臨陣磨磨槍？」

雷登爾道：「從現在算，我還有三天的時間可以訓練，用胡的話說，這世上雖然沒有輸得好看這種事，但我至少可以輸得不那麼難看。」

「這才像條漢子！」胡泰來把雙手按在雷登爾肩膀上道：「別氣餒，出拳速度和拳重不是衡量比賽的唯一標準，如果是那樣，只要用機器測量就行了，為什麼還要比賽？相信我，三天可以幹很多事——小軍就是個很好的例子。」

王小軍擺手道：「別跟我比，我是被逼得沒辦法了。」

胡泰來道：「雷登爾的處境不比你當時好。」

雷登爾衷心地道：「其實我還欠你們一個道歉。」他忽然對王小軍道，「你其實不是司機對吧？」

王小軍心想：「我沒駕照的事會告訴你？」

雷登爾面容嚴肅地道：「我沒想到中國會派三個武學高手來給我當保鑣，一開始我以為你們只是負責打雜的，我要向你們鄭重道歉。」

王小軍道：「其實你對我們挺好的，有妞有酒的時候也沒忘了我們，不過你確實對一個人不夠尊重——」他拉過陳覓覓道：「正式介紹一下，這是我未婚妻，你不該當著她的面邀請我參加你的聯誼會的。」

雷登爾突然道：「你用的是太極拳對吧？」

陳覓覓意外道：「你居然知道太極拳？」

雷登爾點點頭道：「太極拳在美國很紅的，很多海豹突擊隊都練過。」

王小軍道：「這位可是正宗太極拳的嫡傳傳人。」

雷登爾盯著王小軍道：「你用的是什麼功夫？」

王小軍隨口道：「我們家傳的鐵掌，怎麼，你想學啊？」

沒想到雷登爾鄭重地點頭道：「想學。」

王小軍失笑道：「你大半夜把我們找來，合著是想學我們的功夫？」

雷登爾嘿嘿笑道：「就憑吃飯時你露的那一手，我服你！」

王小軍想了想，一個拳王去學太極拳終究有些不倫不類，自己的鐵掌雖說練到後面會有反噬，但教老黑幾招皮毛臨時對敵，似乎也沒多大關係，便衝雷登爾招手道：「咱倆先試試，你用拳頭攻擊我。」

雷登爾愕然道：「不用戴拳套嗎？我一拳也有幾百公斤的！」

「用不著，你就當打急眼了跟我拼命那樣。」

雷登爾小心翼翼道：「那我可真打了啊？」

「來吧！」

雷登爾判斷好距離，一個右勾拳打向王小軍的臉頰，王小軍全神戒備，這時貓腰閃身躲過，左掌切向雷登爾的肋下，趁他回防之際右掌直接打在他右臂上，雷登爾被擊得退了幾步，臉上變色道：「好厲害！我以前從沒想過用手掌傷人。」

王小軍得意道：「那你是沒吃過二指禪的苦，在中國功夫裡，任何部位都是能傷人的。」

雷登爾道：「我想跟你按拳擊規則打一場比賽。」

王小軍大方地道：「可以，我正好也戴戴你們的拳擊手套。」

兩人戴好拳套走上拳臺，結果雷登爾往前一來王小軍就傻眼了，對方仍舊是右拳打來，他雙掌一併想把他逼退，但是在拳擊手套的緩解下，他的雙掌完全變成了兩個棉包，打在對方身上不疼不癢，簡直比按摩還要舒服；然而對方的拳頭打在他的手上則像是大山壓頂，王小軍剛一上臺就被雷登爾攆得上躥下跳。

最終他噌一下蹦了下來，連聲道：「不打了。」把拳套扔在地上，恨恨道：「老雷對不住了，我忘了一點——我是練掌的，你一個拳王學了管屁用啊。」

雷登爾也傻眼了，他親眼見識了王小軍像重炮一樣的攻擊力，但沒想到區區一副拳套就能讓他束手無策。

這時胡泰來撿起拳套戴上道：「我跟你打！」

雷登爾懷疑道：「你？」

他在飯館無暇注意老胡，只根據王小軍和陳覓覓的表現推斷出他大概也會中國功夫，但他是練什麼的就一概不知了。

胡泰來跳上拳臺，出於習慣抱了抱拳道：「我練的是黑虎拳，看能不能幫得上你。」

雷登爾搖頭道：「我是拳王，凡是練拳的都不是我的對手。」

胡泰來道：「試試！」他一拳擊出，雷登爾早在前一秒就判斷出了他的攻擊方位，這時扭頭躲過，同時一拳打在胡泰來下巴上，老胡退了一步，馬上拿了個樁又穩穩站住，雷登爾意外道：「挺能挨呀。」

「再試試我這幾招。」胡泰來又攻了上來。

黑虎拳講究的是剛猛實用，但它也是有套路的，不像拳擊比賽裡只有直拳勾拳組合拳幾種打法，像黑虎拳裡就有背拳、轉拳、甚至還有地躺拳，是一門殺敵格鬥的武術，很多招式力求一招制敵，還有相當一部分的招數是在已經被動的情境下扭轉局面用的。

雷登爾縱使狀態不佳，但畢竟有拳王的底子，他的拳重、速度仍然是胡泰來無法達到的，拳重一千磅的概念就是五個成年人摞起來砸你臉上，所以拳王級的比賽只要有一方失誤，挨上一下，基本就結束了，可是想達到這個重量級，除了刻苦的訓練外還需要天賦。

雷登爾無疑就是這樣的天才，他在胡泰來身前穿插往來，不斷尋找空檔明攻暗偷，起初還下意識地控制著力道，但漸漸的他發現他無論如何發力，胡泰來總能靠著那些奇特的招式防禦開來，雖然一直處在被動的位置，竟然有種讓人無從下手的感覺。

雷登爾利用步伐引胡泰來露出空檔，他在老胡肋下打了一拳隨即遊走開道：「你不算弱，但是顯然你沒經過科學的訓練，你這個年紀的人，體力和爆發力該比現在強一倍才對！」

胡泰來針鋒相對道：「可是你缺乏行之有效的進攻和防守手段，如果我有像你說的那麼強，你早就倒了。」

雷登爾嘿然道：「並不是所有中國功夫都當得起『神奇』兩個字的，在我看來，你的功夫也就是花拳繡腿……」

他話音未落，胡泰來忽然腳一蹬地，整個人和地面平行地衝上來，雷登爾打了小半輩子職業比賽還從沒見過這樣的招式，對方全身明明都是破綻，可他偏偏不知道該從哪下手。

胡泰來身在半空遞出一拳，雷登爾下意識地曲臂防守，不料肋下頓時中拳，接著他防護一鬆，胸口和臉上同時中拳，砰地一聲被打得飛出老遠。

胡泰來立定身形，靜靜地看著他，雷登爾從地上爬起來，晃晃有些暈眩的腦袋，義憤填膺道：「你這是什麼招數？」

胡泰來道：「黑虎掏心，是黑虎拳裡很普通的一招。」

雷登爾用拳頭一指胡泰來：「你敢把它教給我嗎？」

胡泰來本意就是要把黑虎拳教給雷登爾的，這時在臺上一板一眼地把黑虎拳的理念、起手式、變招講給雷登爾聽。

作為一個老外，雷登爾聽得半懂不懂，尤其是胡泰來給他演示了馬步的蹲法之後，他愈發迷茫，雷登爾悚然一驚道：「胡，你教我功夫，我該拿什麼回報你？我現在可付不起太高的教練費。」

胡泰來正色道：「我教你是尊敬你，面對強敵永不言棄就是武者的精神，你要是還像以前那樣吊兒郎噹的，給我多少錢也不教。」

雷登爾搖頭說：「我不能白學你的功夫，這樣吧，從明天開始，我跟你學功夫，你用我的訓練方法提升體力和速度，我保證你半年之後有明顯的變化。」

胡泰來一喜道：「好，那就這麼說定了。」

兩個大塊頭講解一會兒練習一會兒，訓練過程中免不了會挨上一兩下，每人臉蛋都紅撲撲的。

王小軍一扭頭，見陳覓覓笑咪咪地看著他，不禁一愣道：「你幹嘛？」

陳覓覓招手道：「來，教你兩手太極拳。」

王小軍詫異道：「平白無故地教我太極拳做什麼？」

陳覓覓道：「閒著也是閒著，打發時間唄。你到底學不學？」

王小軍流著口水道：「學學學。」

陳覓覓隨即道：「我先教你揉手，你站過來些。」陳覓覓把王小軍拽到距自己半步遠的地方，她雙掌掌心相對，自然前伸道，「學我的樣子，但是別讓我的手碰到你的身體，其他的別多想。」

王小軍剛豎起雙掌，就覺陳覓覓的手掌已經推了過來，同時一股柔力暗暗侵入過來，他剛想抵抗，陳覓覓道：「別用蠻力，順其自然。」她的手掌回轉，把王小軍的手引到了自己身前，又運勁把它們推了回來。

兩個人呼吸相聞，王小軍只覺陳覓覓吹氣如蘭，自己只要再稍稍往前一點就能親到對方的臉頰，雖然知道陳覓覓是很嚴肅地在教自己功夫，可就是抹不掉這個想法，不禁心猿意馬起來。

這時就聽陳覓覓輕聲道：

「下次再遇到自己也不知道能不能對付的情況，要記住別逞強，就這樣順其自然，勁隨意轉，須知一個人再強大也是有極限的，像晚上在飯店的時候多危險?!」

王小軍這才明白原來陳覓覓是見他在飯店裡強行阻止兩個拳王的行為替他擔心。

陳覓覓說完這句，開始跟王小軍解釋一些揉手最基本的動作和要訣，王小軍不好意思再亂想，盡力認真聽講。

太極揉手講究「掤、捋、擠、按、採、挒、肘、靠」八個字，既可以看成是基本功修習法也可以看成是一種近身格鬥術，練到一定境界又有聽勁問勁之說，兩個練內家拳的只要用這種技藝一接觸，就知道對方功力深淺高低。

所謂行家一出手便知有沒有，揉手可謂是一門看似簡單實則高深的功夫，王小軍雙手被陳覓覓帶著走，他逐漸加力想掙脫出來，起初一兩分，後來四五分，但始終如石入大海，他知道陳覓覓身上傷還未痊癒，使出太極勁竟然仍有這等威力，不禁暗暗納罕。

雷登爾的訓練告一段落，就興致勃勃地坐在拳臺上看這對年輕人練功，胡泰來見他看得專心，嘴角甚至露出一絲笑意，忍不住道：「你看得懂嗎？」

雷登爾嘿嘿笑道：「當然看得懂——王想摸他的未婚妻，但一直沒有得逞。」

·第四章·

停車場遇伏

王小軍機警地打量著四周，三人圍護著雷登爾轉過一個拐角就看到了那輛商務車，這時忽然從車後冒出三名殺手，手裡弩機連發，陳覓覓雙手一晃，太極勁運出將弩箭全部撞開，她沉著臉道：「我們中埋伏了！」

兩天之後，四個人吃過午飯照例來到訓練場訓練，陳覓覓正在和王小軍練習推手，忽然接到了華濤的電話。

陳覓覓接起聽了一句，就衝王小軍招招手，說：「咱們要找的那輛車找到了，華濤給了我一個地址。」

「真的？」王小軍興奮道，「我去叫老胡。」

陳覓覓拽住他道：「我沒讓他知道就是怕他搞出太大的動靜，或者是空歡喜一場。」

胡泰來這幾天因為專心在訓練雷登爾，暫時將唐思思的事拋在一邊，否則恐怕早就一個人跑出去四處找尋了。

王小軍想想也是，問陳覓覓：「那你的意思呢？」

陳覓覓回頭看了眼正在拳擊臺上和雷登爾對練的胡泰來道：「我們先照這個地址去看看什麼情況，如果思思在的話，我們兵不血刃地把她帶回來！」

王小軍愕然道：「怎麼個兵不血刃法？」

陳覓覓嘻嘻一笑道：「我們沒把握對付唐傲，那就儘量不和他正面衝突，咱們找機會把思思『偷』出來，老胡要是去的話，一咋呼就徹底沒戲了——」她神色一轉道：「當然，說不得的情況下，該動手也要動手，總歸咱倆也夠了，咱倆要是打不過，老胡去了也白搭。」

王小軍一伸大拇指：「能屈能伸，是條漢子！」

陳覓覓呸了一聲道：「我要是條漢子，你還喜歡我嗎？」

「誒？」王小軍剛想說什麼，陳覓覓已經把車鑰匙扔了過來，「咱們現在就走，開我的車去。」

隨著越來越接近目的地，王小軍也漸漸緊張起來。

過了一個十字路口後，他們來到一條大街，讓王小軍和陳覓覓意外的是，這條街上既沒有賓館也不是住家，而是一個十分繁華的商業中心。

「注意找奧迪，車尾還有車行的廣告。」陳覓覓提醒王小軍。

王小軍一邊開車一邊張望，很快就在對面馬路邊上發現一輛奧迪A6，他指給陳覓覓看，陳覓覓道：「不會這麼巧吧？」

這時他們走的馬路這邊在堵車，馬路那邊則暢通無阻，中間是分隔島，王小軍跟著車流慢慢往前移動，隨著視線的開闊，他們終於在那輛奧迪車後看到了一張小小的廣告：吉祥車行。

陳覓覓不可置信道：「還真就是它——你靠邊停車，我先翻越過去。」

就在這時，從路邊的商店裡走出一個衣冠楚楚的中年人，俐落地坐進車裡，隨即駕駛著奧迪揚長而去。

「靠！」陳覓覓崩潰地罵了一句，他們現在還在車流裡，別說她還沒找到地方下車，就算這會兒衝出去也來不及了——就算舒馬克來了也白搭，在偌大的城市裡找一輛車，這次機會丟失後，很難說還能不能再找到它。

「完了完了，老胡知道後肯定會恨死咱們了。」王小軍咬牙切齒道。

陳覓覓想了想道：「不是還有一個門牌號碼嗎？看看是什麼地方，說不定會有線索。」

王小軍攤手道：「你沒看到嗎，兩邊都是商場，那人說不定就是下去買瓶水而已。」

他雖然這麼說，還是下意識地看了眼對街的門牌號碼，抬頭一看，然後和陳覓覓一起露出了驚恐的神色——這居然是一家婚紗店！

陳覓覓有些慌地問王小軍：「那人為什麼會進婚紗店？」

王小軍道：「進去問問不就知道了？看我眼色行事！跟我走。」

王小軍下了車，在門口拉起陳覓覓的手，大步走了進去。

婚紗店負責接待的女店員見一對年輕人進來，並沒有太大的熱情，看這對年輕人還不到結婚的年紀，大概就是閒逛到這裡隨便看看，於是無精打采道：「有什麼能幫兩位的嗎？」

王小軍劈頭蓋臉道：「我們下個月結婚，想選套婚紗。」

陳覓覓被他拉著手本來就微感不自在，這時不禁瞪大了眼睛。

女店員一聽這話，頓時振奮精神道：「這位先生想選套什麼樣的呢？」

王小軍擺出架勢道：「我們不差錢，你得把我未婚妻打扮得秒殺 Angela BaBy 才行。」

女店員打量一眼陳覓覓，小聖女多年習武，身材十分勻稱，而且還膚白貌美大長腿，吹捧道：「憑這位小姐的底子，我們店裡隨便一套婚紗絕對都能穿出公主風來。」

王小軍裝出不悅的神色道：

「別隨便一套啊，我們要挑就挑萬裡無一的，我實話跟你說了吧，我們倆都是富二代，結婚純屬聯姻性質，婚紗穿在我未婚妻身上得有那種讓人一看就發出『哇，這家人好有錢』的效果。」

女店員眼睛發亮道：「有有有！」

這句話很好地解釋了他們為什麼小小年紀就要結婚的原因，這給了她無

窮的動力，女店員馬上就像上了發條的機器一樣勤奮地轉動起來。

陳覓覓憋著笑，也不知道王小軍在打什麼鬼主意。

王小軍裝模作樣道：「領我看看你們店裡最貴的吧。」

女店員二話不說領著王小軍到了一面牆壁前，口若懸河地介紹起裡面的婚紗，這些婚紗果然是價值不菲，最便宜的也要三四萬。

王小軍托著下巴不置可否，隨即扭頭問陳覓覓：「你覺得呢？」說著悄悄用力捏了她手一下，於是陳覓覓也故作沉思道：「總覺得還差點。」

女店員遺憾道：「可惜兩位下個月就要結婚了，不然我們店是可以訂做的。」

王小軍假裝隨意地問了句：「剛才出去的那個人也是訂婚紗嗎？」

女店員頓時想起了什麼似的道：「對，他訂的是一套二十萬的婚紗。」

陳覓覓大聲道：「我也要這麼貴的。」

本來這會兒按照劇本，她應該是搖著王小軍的胳膊撒嬌，可陳覓覓在這方面的演技是零，只好臨時演繹成了怒目橫眉。

王小軍道：「我們能看看他那套嗎？」

「呃，可以。」女店員猶豫了片刻，才捧出一套雪白的婚紗來。

王小軍在婚紗的下面發現一張小紙片，上面寫著：唐思思，於×年×月×日送到××酒店。

陳覓覓顯然也看到了，衝王小軍微微點點頭。

「我們再去別處看看。」王小軍敷衍了女店員一句，拉著陳覓覓快步走了出來。

在車上，王小軍恨鐵不成鋼道：「唐思思這個叛徒，她居然要背著老胡嫁給別人。」

陳覓覓持平道：「這點你可怪不著她，她甚至都不知道老胡喜歡她吧？」轉而也有些憤憤道：「可是作為朋友，她結婚都不叫我們就太過分了。」

王小軍道：「我沒猜錯的話，她要嫁給那個曾玉，你是沒見過那個奇葩，從頭髮到腳全是戲！我只是納悶他們為什麼會在西安結婚。」

「×月×日，那不就是後天嗎？」陳覓覓驚道。

「後天，也是老雷和老毛子比賽的日子——」王小軍掰著指頭，掐訣念咒一樣地嘟囔著。

「你算什麼呢？」

「老雷的比賽是上午，思思的婚禮是中午，我在算時間來不來得及。」

陳覓覓瞪大了眼睛：「你要去搶親？」

王小軍反問道：「還有別的辦法嗎？兩天的時間再想找到那輛奧迪不大可能了，好在跑得了和尚跑不了尼姑，咱們到時候直殺敵方大本營，萬軍叢中取上將首級，思思嫁不嫁老胡先不說，她先得不能嫁給曾玉！」

陳覓覓興奮地拍手道：「好浪漫啊，我終於也要幹強搶民女的事了。」

王小軍道：「到時候還是按你說的，最好能『兵不血刃』地把思思偷出來，實在不行，只好殺個血濺當場，我就不信這種場面下她這婚還結得成！」

陳覓覓一哆嗦道：「瞧你的樣子，不知道的人還以為曾玉是你情敵呢。」

王小軍嘿嘿一笑道：「你吃醋啦？」

「切。」陳覓覓道：「下次你再有什麼計畫能不能先跟我打聲招呼，剛才要不是我機靈，誰知道你打的什麼主意啊？」

「這才說明咱倆配合夠默契嘛——誒，剛才有看上的沒？」

「什麼？」

「婚紗啊，遲早也用得上的。」

陳覓覓笑道：「我看思思那套二十萬的就挺好。」

王小軍道：「咱倆結婚的時候就照這個標準來。」

「呸，把你賣了也不值二十萬。」這時她的電話響起，陳覓覓道：「是華濤。」

陳覓覓接起來，又是簡單地說了幾句就掛了，對王小軍道：「他要咱們去跟他見一面。」

王小軍按記憶把車開到上次華猛帶他們來的那棟辦公大樓前，直接上了八樓。

華濤看樣子又喝了不少酒，兩眼通紅，王小軍他們進來的時候，他正坐在茶几前眼睛望著天花板發呆。見兩人來了，他客氣地招手道：「來，坐。」

華濤問王小軍：「你們要找的那輛車找到了吧？」

王小軍欠了欠身道：「找到了，謝謝華叔。」

華濤忽然神秘一笑道：「其實沒找到也沒關係，你們找車，主要是為了找人是吧？唐思思後天要舉行婚禮，請柬剛送到我這兒。」說著把一張大紅帖子遞了過來。

王小軍接過來一看，時間地點和自己在婚紗店看到的一樣，新郎果然是曾玉。他乾笑道：「嗨，早知道就不白跑一趟了。」

顯然，唐門嫁閨女，華濤作為本地有頭有臉的武林人士自然是被奉為上賓，會收到邀請的。

華濤道：「我打聽過了，這個曾玉家在四川很有實力，我雖然不知道你們之間是怎麼回事，不過我奉勸一句，這世上無非就是有錢人終成眷屬，唐思思現在嚷嚷著不樂意，說不定很快就會改變主意的，你們也別往心裡去了。」

王小軍點頭：「嗯嗯。」

華濤小心地問了句：「到時候你們不會去現場鬧事吧？」

「不會不會。」王小軍懶得在這件事上跟他多說，直接問：「華叔找我們來是有事？」

華濤回身拿過一個鼓鼓囊囊的紙袋放在桌上道：「這是三萬塊，是你們這幾天的酬勞。」

王小軍老實不客氣地把錢攬在懷裡道：「謝華叔，華叔真講究，給人送錢還特意打個電話——那我們就告辭了。」

華濤愕然道：「誒，別走呀，我事還沒說呢。」

王小軍笑道：「就知道你還有事。」說實話，他有點看不慣華濤的商人嘴臉，所以故意調戲了他一把。

華濤忽然湊上來道：「這幾天你們跟雷登爾相處得還行吧？」

陳覓覓聽了道：「華叔，你還是直接說重點吧。」

華濤咬咬牙道：「好，你們就說雷登爾狀態怎麼樣吧？我聽說他來中國以後天天花天酒地，有這事兒嗎？」

王小軍道：「華叔難道是想賭一把？」

華濤尷尬道：「我就直說了吧，雷登爾和瓦肯斯基的比賽，場外下注已經如火如荼，我就是想知道雷登爾的真實情況，你們覺得他和瓦肯斯基誰能贏？」

陳覓覓道：「華叔叔也想參一腳？」

華濤理所當然道：「這種快錢誰不想賺？」

王小軍和陳覓覓對視了一眼，原來華濤的真實目的就是花三萬塊錢買一個內幕消息，這筆買賣可做精了。

王小軍道：「華叔打算押多少錢？」

華濤算了算道：「我手上所有的錢東挪西湊，大概兩百來萬吧。」

王小軍微微諷刺道：「那還不簡單，你買瓦肯斯基贏了也就贏七十萬，萬一雷登爾贏，你這兩百萬可就變六百萬啦！」

華濤苦笑道：「大侄子你可別跟我開這種玩笑，別看我又是華掌門又是華總的，可沒看起來那麼光鮮，華山派百十來號人要靠著我吃飯呢，六大派裡就屬我們華山最窮，一沒地產二沒資源的，我那些徒弟都是窮人家孩子，跟著我就為了混口吃的，大部分學幾年功夫都給人當保安去了。我每天跟這總那總陪笑臉，不就是為了能給徒弟們掙個前途嗎？要不然誰願意不人不鬼地在這個圈子裡混，你以為我不想每天待在有山有水的地方享受生活呀？」

也許是喝多了酒，華濤一股腦倒出一大堆苦水。

王小軍無語，想了想鄭重道：「那我還是建議你押雷登爾，至少他的勝算不像大部分人想的那麼少，起碼也有五五開。」

華濤眼睛一亮道：「為什麼這麼說？」

王小軍道：「透過他這幾天的刻苦訓練就能看出，他還有強烈的求勝欲望，如果他只是想撈錢，本來不用吃這個苦的。」

華濤猶疑道：「光憑這點就下結論是不是有點冒險？」

王小軍攤手道：「下注本來就有風險，就看回報率怎麼樣了，對吧？」

華濤仍然悶頭不語，王小軍把懷裡的信封拍在桌上道：「這樣吧，不管你押誰，替我押三萬雷登爾。」

華濤這才咬牙道：「好，那我就信你一次！」

兩人作別華濤走出來的時候，陳覓覓問王小軍：「你真的相信雷登爾能贏嗎？」

王小軍不置可否道：「老雷怎麼說也是我們的朋友，我們不支持他，誰支持他？」

「也就是說你也不確定囉？」陳覓覓傻眼，跟著他出了門。

今天是雷登爾比賽的日子，一大早他起來又熱了一下身，運動使他每一塊肌肉都充滿了光澤，其實雷登爾也知道三天的訓練改變不了什麼，但是這至少讓他心裡踏實很多。

胡泰來一直陪著他，到快出發的時候，王小軍和陳覓覓也來了，雷登爾欣慰地看著這三個剛結交的中國朋友，他們可以說陪他度過了職業生涯中最黑暗最無助的幾天。

他這次來沒帶陪練也沒帶教練，這在行內人看來就知道雷登爾沒有認真對待比賽，但此刻他的心態已經發生了變化，即使他明白他仍然很難贏瓦肯斯基，但他會盡力打好這場比賽。

王小軍見雷登爾已經準備好了，便率先走出了酒店大門。現在時間還早，酒店的停車場一片靜謐，只有清潔工在清掃地面。

王小軍隱隱地覺得哪裡不對，隨口對陳覓覓道：「為什麼……」話音未落，「砰」的一聲響，正對面一個清潔工把掃帚樣的東西對準王小軍，發出了一支弩箭！

陳覓覓不等弩箭來到王小軍近前，一探手把它接住——原來陳覓覓也已覺察到了不對勁，王小軍那句還沒說完的疑慮引起了她的警惕：為什麼區區一個停車場要用這麼多人來打掃？

「有刺客！」陳覓覓叫了聲，與此同時，停車場四周埋伏的四名殺手一起發弩，陳覓覓伸手又抓過一支，王小軍則拍飛一支，胡泰來面對兩支快弩，拳頭砸斷了其中的一支，另一支則扎進了他的肩頭。

這種弩箭頭是角度很鈍的三稜錐，扎進身體裡不會致命，但瞬間會讓人失血過多，失去抵抗力，胡泰來低頭看看那弩箭，伸手想拔，最終還是忍住了，他想也不想地飛撲向正對面的殺手。

那人戴著口罩，見到胡泰來的那一刻有些意外，接著露出一絲冷笑，似乎很清楚胡泰來的斤兩，見他受了傷，更是如板上魚肉一樣。

王小軍見胡泰來衝了出去，而自己等人離車還有相當長一段距離，便衝陳覓覓使個眼色，自己也飛身撲向前面的一名殺手，那殺手本來在換弩箭，見有人衝上，索性把弩箭扔在一旁，雙掌擺在身側，似乎對對付王小軍胸有成竹。

王小軍和胡泰來剛才分站在雷登爾的一前一後，這時兩人突擊出去，只剩下身側的陳覓覓，就見這位小姐雙腳自然分開，雙臂緩緩舒展，在身前形成了一股神韻自然的氣流，另外三個殺手射來的弩箭全被她看似輕描淡寫地攬了下來。

直到這時雷登爾才反應過來，這是有人不想讓他順利比賽，因而派了殺手來偷襲他，雷登爾自幼在黑人聚集的貧民區長大，街頭槍殺也看過不少，這時倒是沒有六神無主，見了陳覓覓的手段之後還忍不住叫道：「嘿，好功夫。」

用掌的那名殺手見王小軍衝上，雙掌齊發，王小軍一看再好沒有，同樣

是雙掌齊發，四掌相對，那殺手一聲不吭地被拍飛了出去，王小軍瞬間又閃回到雷登爾身邊，對陳覓覓道：「我那邊的解決了。」

「好！」陳覓覓像接力一樣彈射出去，目標是停車場邊上的一名殺手，那殺手剛發完一枚弩箭，這時把掃帚改裝成的弩機朝陳覓覓砸來，陳覓覓一擰身已經欺到他身前，她手裡還有接住的幾支弩箭，一起按進了那殺手的後背，那人也知道這弩箭的威力，一失神之後再也顧不得別的，驚慌失措地爬出停車場的欄杆，踉踉蹌蹌地跑向馬路對面。

最慘烈的戰鬥發生在胡泰來和蒙面殺手之間，兩人都是用拳，一樣是剛猛的路子，雙拳相撞，那殺手眼中露出了驚詫的表情，二人頃刻就過了十幾招。

那殺手手臂隱隱作痛，他原本以為對付胡泰來手到擒來，不想對方功力大進，於是打定主意讓胡泰來傷口發作自己倒下，便一味躲閃，胡泰來雙拳連擊，那殺手身形擺動靈敏地躲避著，只聽拳頭破風之聲不絕於耳，緊接著「砰」的一聲，那人面門中拳，身子直飛出去，口罩也掉在了一邊。

他還是低估了胡泰來的速度和威力，胡泰來厲聲道：「原來是你！」這人居然是青城派的阿三。

這時五名殺手已去其三，剩下的兩人怔忪不安地遠遠躲開，陳覓覓高聲道：「不要戀戰，快上車。」

胡泰來斷後，一邊跟王小軍道：「是青城派的人！」

王小軍機警地打量著四周，如果余巴川親至，恐怕他們三個聯手也未必抵擋得住，這當口他也來不及細想青城派為什麼會出現在這裡，而且看樣子要對付的不是他。

三人圍護著雷登爾轉過一個拐角就看到了那輛商務車，這時忽然從車後冒出三名殺手，手裡弩機連發，陳覓覓雙手一晃，太極勁運出將弩箭全部撞開，她沉著臉道：「我們中埋伏了！」

看來這批殺手遠不止五人，他們按照雷登爾必行的路線處處設伏，一步步讓目標暴露在更容易就範的地方，三名殺手片刻間就又換好了弩箭，眼看就要進行又一輪的發射，陳覓覓忽然拔地而起掠了過去，其中兩名殺手覷準她身在半空不能轉圜的優勢，嗖嗖地射出兩箭，陳覓覓雙腳互蹬，身子冷不丁又往上升了半尺，兩支弩箭便全落空了。

王小軍還是第一次見陳覓覓展露輕功，不禁吃驚道：「哇，這個厲害。」

胡泰來也意外道：「武當梯雲縱？」

武當派的太極拳聞名天下，是很多人親眼見過的，然而還有一門玄而又玄的輕功就是梯雲縱，據說掌握了這門功夫之後，人在半空中能像攀著梯子一樣上下自由，對這種毫無科學根據的傳聞，別說王小軍，就連胡泰來也抱持著懷疑態度，沒想到今天能有幸親見。

那三名殺手見陳覓覓露出這手輕功，心知是勁敵，其中一人索性把弩箭對準車胎，「嗤——」的一聲，那輛商務車立時歪在一邊，這樣一來，雷登爾他們就算上車也走不了了。

陳覓覓和三名殺手戰成一團，王小軍擔心她傷勢未癒，陳覓覓大聲道：「我沒事，小軍，開我的車走！」

就在這時，一名潛伏已久的殺手瞄準這個機會，猛地從角落裡撲向雷登爾，他左掌當先，右掌蓄勢待發，王小軍在千鈞一髮之際擋在雷登爾身前和他對了一掌，停車場的眾人就覺耳朵裡嗡嗡作響，兩人一碰之下，竟然發出了金屬撞擊的動靜。

這名殺手同樣戴著口罩帽子，但從眉眼看，年紀不輕，王小軍心中一動，懷疑是余巴川，但他馬上就打消了這個疑慮，余巴川的掌法雲詭波譎，但尚不及眼前這人凌厲，王小軍掌心熱辣辣的，心裡十分震驚。

自從他練會鐵掌第一重境，凡是和他對敵的人，大多不願意和他硬碰硬，而這名老者不但用掌，而且掌力同樣剛猛，一掌既出，絕不留後退的餘地，他此刻看王小軍的眼神也充滿了不可思議，這個二十歲出頭的年輕人硬生生接了他一掌，居然渾若無事，怒喝道：「你再吃我一掌！」

王小軍巴不得他只纏自己，當下晃動雙掌和他劇鬥開來，兩個人在極短的時間裡已經對了二十多掌，而陳覓覓和三名殺手也才過了七八招而已，就聽停車場裡像有十幾個大漢圍爐打鐵，乒乒乒乒之聲不絕於耳。

胡泰來在雷登爾肩膀上一拍道：「跟我走！」

他領著雷登爾原路返回，不料剛才那兩名殺手已經封住去路，兩把弩箭直指他和雷登爾，胡泰來視若不見，繼續大步流星地往前闖，「砰砰」兩聲，兩支弩箭分射向胡雷二人，胡泰來先用肩膀吃住一支，接著躍起把射向雷登爾那支弩箭也用胸口擋住。

他身子不停奔到第一個殺手前，那人似乎已被嚇傻，只是象徵性地抵抗了一下就被胡泰來一拳砸在地上，當他想撲向第二個殺手時，眼前已是一片金星，同時前胸兩肩的三個傷口都有大量鮮血泅出，瞬間就把上衣濕透，別說繼續打，就連站也站不穩了。

剩下的一名殺手見有便宜可撿，冷笑著上前道：「這你可別怪別人——」

他話音未落，只覺眼前被巨大的黑影籠罩，雷登爾俯視著他，滿臉怒色，四五百公斤的拳頭轟擊而出，這人頭部中拳，一聲不吭地趴展在地。

他忘了一件很重要的事，他們這次的目標不是富豪家的軟萌小孫女，而是世界級的拳王……

雷登爾直到這時才發現胡泰來身中三支弩箭，著慌道：「胡！你怎麼樣？」

平時嬉皮笑臉的老黑這會也有點語無倫次了，他失措地想替胡泰來拔下箭頭，剛伸出手又縮了回去，他清楚在當下不宜貿然行動，那些箭頭都是三稜錐狀，不會刺入人體太深，但旨在放血，而且日後傷口極難癒合。

雷登爾怒火燃燒，捏緊拳頭想要去幫王小軍，卻發現他和那個老者打得團團而轉，外人很難插進手去。

王小軍和對方打了三四十招，相當於對了三四十下掌，他喉頭隱隱發甜，似有吐血的前兆，王小軍知道自己功力和人家差著一截，於是運上游龍勁進入防守階段。

那老者也並不輕鬆，大概是覺得呼吸不暢，索性扯掉了口罩，露出一把長鬍鬚，這老者王小軍不認識，也看不出對方是什麼路數，而且他也沒時間去想這些了，這不是在比武，而是在性命相搏，最主要的，雷登爾現在已經暴露在無人保護的情境中，對方只需騰出一個人手來，就能讓他們前功盡棄。

王小軍想到這兒，又拼命催動掌法發起了猛攻，那老者驚咦一聲，想不到王小軍明明看著已經到了強弩之末，居然還有力氣反攻。

他又和王小軍對了幾掌，忽然低喝一聲，右掌拍出一道凶猛的力道，王小軍舉起手掌看似要和他玉石俱焚，待那老者掌到的時候他忽然撤身，同時將游龍勁放出，接著收回，那老者只覺手掌擊中了一道氣牆，接著敵人飛身後撤，他來不及多想，跟身、進步、換氣、繼續出掌，王小軍在千鈞一髮之際再次運起游龍勁。

那老者一招用老，被游龍勁從側面捲中，不由自主地後退，王小軍頃刻收回內勁，左臂使出纏絲手將他拽住，右掌砰地打在那老者胸口，那老者情知不妙再想抽身已經晚了，王小軍趁他受傷酸軟之際又把他拽了回來，右掌

也隨之再次印上了他的心口。

那老者吃了兩掌神智已然不清，王小軍看看他，終於還是把他丟了出去，心中暗叫僥倖，這老者功力比他強，招數也不弱，這次輸就輸在輕敵和自己的奇襲上，這和當初打敗周沖和的辦法如出一轍，所不同的是更加凶險，纏絲手和游龍勁這兩項絕技只要少練一樣，絕不能反敗為勝。

王小軍片刻不停地撲向那三名殺手和陳覓覓，這時四人正在他們平時坐的商務車後拼鬥，那三名殺手背對著王小軍，就在雷登爾以為王小軍要利用這個機會偷襲他們其中一個的時候，王小軍忽然衝正對著他的陳覓覓使了個眼色，同時雙掌拍在那輛商務車上；與此同時，陳覓覓高高躍起，那輛車在王小軍雙掌的威力下，就像一個碩大的破紙箱子猛衝到那三名殺手背後，將其中兩人砸倒，還有一個因為角度問題倖免於難，但也被蹭得頭破血流。

陳覓覓落在王小軍身邊。不等他們擊掌慶祝，停車場門口又衝過來五六個保安，當先那名保安身板筆直，一招手道：「快，保護雷登爾先生！」

陳覓覓微微一愣，隨即喝道：「都給我站住！」

保安意識到身分暴露，一起從背後拉出弩機向這邊發射，王小軍崩潰道：「天，他們到底有多少人？」

陳覓覓接到兩支弩箭，以箭桿撥打著迎面射來的暗器道：「小軍，把車開過來！」

王小軍三步併作兩步跑到停車場，把陳覓覓的老富康開了過來，陳覓覓回頭對雷登爾喝道：「上車！」雷登爾拖著胡泰來鑽進了後面，陳覓覓甩手把兩支弩箭射回對面，對坐在駕駛座的王小軍喊道：「我來開！」

王小軍立刻雙手撐住座位滾到副駕駛上，陳覓覓閃身上車，猛踩油門，對面幾支弩箭射來，這輛看起來老破的車像頭機敏的野獸一樣側弧線飄移躲了過去，接著怒吼著衝出了停車場。

雷登爾目瞪口呆道：「王，你的未婚妻是賽車手嗎？」

王小軍得意道：「她是武當山車神。」

·第五章·

搶親有幾種？

王小軍托著下巴道：「咱們來想一想，搶親有幾種搶法？」

陳覓覓沉聲道：「兩種！一種是在牧師問答環節，問有沒有親人反對的時候站出來質問新娘；還有一種就是拉著新娘就跑。」

胡泰來搖頭道：「偷呢？」

陳覓覓把車開得極快，畢竟在這個節骨眼上誰也不知道路邊慈眉善目的老頭或者是同行的車裡那個溫文爾雅的中年上班族會不會冷不丁掏出一把弩機來。

「大家都沒事吧？」王小軍回頭看了一眼，立刻叫道：「老胡，你這是怎麼了？」

剛才在激戰中，誰也沒注意到胡泰來身中三箭，他上衣前面全被染紅，令人望之生畏。

王小軍沒口道：「覓覓，快，去醫院！」

胡泰來原本閉著眼，這時忽然張開眼睛道：「不，去賽場，我沒事。」

雷登爾無語道：「你已經像刺蝟一樣了！」

胡泰來堅持道：「我真的不要緊，如果誤了比賽，那就讓對方得逞了。」他忽然坐起身子，深吸了口氣道：「老雷，我現在要拔箭了，你借一隻手給我。」

沒等雷登爾反應過來，胡泰來已經拔下了肩頭的弩箭，鮮血噗嗤一下飛射了出來，雷登爾這才明白胡泰來的意思，把手死命地按在他的傷口上。

王小軍看得一哆嗦，急忙把上衣撕成幾條寬大的綳帶備用，胡泰來這時把胸口和另一個肩頭的弩箭也拔了出來，王小軍爬到後面幫他緊緊紮住肩膀，同時堵住胸前的血口子。

胡泰來也不知道是因為疼還是終於放鬆，沉悶地哼了聲，王小軍急得叫道：「老胡……你可別死啊，一會兒我們還要帶你去見思思呢。」

胡泰來瞪大眼睛道：「你說什麼？」

「我們已經找到思思了，就等著中午帶你去見她了。」

陳覓覓打氣道：「再有幾分鐘就到賽場了，然後我們就去醫院——老雷，比賽只能你一個人打了，抱歉。」

胡泰來咬著牙堅持道：「不，我們陪老雷打完比賽——」他挺直身子，「我死不了。」

王小軍哭喪著臉喊道：「媽的，你這是迴光返照，一會兒就會掛的。」

胡泰來抓住他的手捏了捏道：「放心吧，看來那些殺手只是不想讓老雷參加比賽，他們並不想要他的命，我只是受了外傷。」

王小軍指著他道：「你還說，你的臉比牆皮還白了。」

胡泰來勉強一笑：「以後多吃點補血的東西就會好的。」

「你倒是會說笑話了。」王小軍感覺胡泰來抓他的手還滿有力的，稍稍

安心了些。

這時車子到了比賽的體育館外，門口嗅覺敏銳的記者們發現了車裡的雷登爾，立時蜂擁而至，等著拍拳王下車的那一刻。

胡泰來對雷登爾道：「老雷，我形象不佳就不跟你出去了，一會兒我會在場邊看你比賽的。」

雷登爾默然地把身上的衣服脫下來包住胡泰來，接著捧起他的手親了一下，然後才下了車。車外閃光燈頓時亮成一片，記者們七嘴八舌地提著問題，雷登爾把染滿鮮血的手一擺，然後裸著上身大步走了進去。

雷登爾走後，只好由王小軍幫忙按住胡泰來的胸口。

胡泰來道：「思思在哪兒？」

王小軍顧左右而言他地道：「覓覓，你怎麼知道那幾個保安是假的？」

陳覓覓道：「首先，他們反應的速度太快了，第二，普通的保安見了停車場那種情況絕不敢輕易衝上去；第三，他們眼裡的殺氣太足，衣服穿得太正經，普通人是不會把制服穿出蓋世太保那樣的味道來的。」

王小軍奇道：「看不出你還是福爾摩斯啊。」

陳覓覓一笑道：「你要是經常見武當山保安劉胖子，就一切秒懂了。」

現在充填在雷登爾胸膛裡的，只有漫天的怒火！

他走進體育館，出現在拳臺上，所過之處，到處充斥著拳迷的吶喊，主持人在用亢奮的聲音介紹他出場，這一切在他耳裡全都置若罔聞，他這時真的體會到他戰鬥宣言裡那句話的情緒——快點結束戰鬥！

但結束後不是為了回去洗澡睡覺，而是要去看老胡，因為他的手心裡還攥著老胡的鮮血。

他知道有人不想讓他出現在這個拳臺上，他不知道這個人是誰，只有將滿腔的怒火全轉移到瓦肯斯基的身上，他從沒有像今天這樣迫不及待地想要戰鬥！

當裁判在聲明比賽規則和注意事項的時候，他只是面無表情地看著瓦肯斯基，他在極力忍耐著，只為等待那一聲「開始」的命令。

瓦肯斯基渾身被盯得有點發毛——雷登爾看他的眼神就像在看一個死人。

瓦肯斯基來參加這場比賽的性質，其實更像是一場暴力登基儀式，他猜測到雷登爾只是為了錢來被他打倒的，其實誰也不用說什麼，老拳王把皇冠

傳遞到新拳王的手裡，失敗者騙點養老金，勝利者開啟自己的新時代。想到這，瓦科斯基毫不示弱地瞪了回去。

場上氣氛因為兩個拳王的眼神，進入了高潮。

當裁判用力做出手勢時，雷登爾的拳頭如暴風驟雨一樣傾瀉過去，他沒有給瓦肯斯基任何反擊的機會，臺下的歡呼叫好聲此起彼伏，當然也夾雜著一些失望的噓聲。

瓦肯斯基十分驚訝，判斷出對方的拳頭帶著怒意，這種行為在拳擊場上是非常不理智和業餘的，不禁納悶：享譽全球的拳王怎麼會犯這樣的錯誤？再是自己觸到什麼霉頭，竟讓雷登爾如此瘋狂？

如果說是為了那次飯桌上小小的衝突，雷登爾也太玻璃心了吧，在拳壇，兩個拳手在賽前互相挑釁甚至是侮辱，難道不是常事嗎？

第一回合結束，瓦肯斯基上半身被打得像隻紅蝦一樣回到了角落，但他沒受任何實質上的損傷，就如同兩軍交戰，對方把一半的火力招呼上來只是燒了些旗幟鑼鼓一樣，他冷笑著，反而對這場比賽更有信心了。

王小軍他們在這當口趕到了，胡泰來的傷口被按滿了藥粉，重重包紮起來，靜坐在一旁。

王小軍學著對面的助手那樣幫雷登爾餵水、擦汗，邊道：「老雷，別冒失啊。」

他這個外行也看出雷登爾這樣打不行，十二回合的比賽，這才第一回合雷登爾已經打得氣喘吁吁，對面卻連身還沒熱呢。

雷登爾一言不發地大口喘氣，試圖在盡可能短的時間裡恢復體力。

胡泰來也出聲道：「老雷，別衝動！」雷登爾回頭看著他，緩緩點了點頭。

結果第二局，雷登爾又不顧一切地衝上去一頓狂轟，瓦肯斯基雙拳抱頭，不停地換角度給雷登爾攻擊，在拳擊比賽中，跳躍、快速移動都是很好的防守手法，但瓦肯斯基不願意這麼做，為的是就是引誘雷登爾不停出拳，好消耗掉他的體力。

陳覓覓憂心道：「老雷這不是比賽，是拼命啊！」

瓦肯斯基不斷防守，他的粉絲們可不幹了，他和雷登爾的比賽之所以能引起這麼大回響，就是因為他們同屬於進攻型選手，粉絲們最希望看到的是兩台螺旋槳互絞，看誰能把誰絞碎，結果瓦肯斯基的表現就像是一個生了鏽的風扇，大大有玷戰鬥種族的名聲，於是起鬨和叫罵聲漸漸高漲。

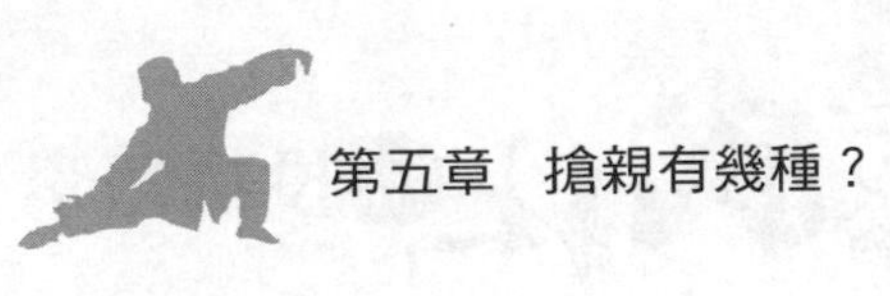

王小軍搓手道：「這個老雷，只顧著自己爽，一點也不考慮後果。」

第二回合結束，王小軍直截了當道：「老雷，你這樣不行啊！拿百米衝刺的速度跑一萬米，那你後面九千九百米怎麼辦？」

他一邊給雷登爾按摩膀子一邊道：「咱不是為了解氣來的，你得想辦法贏，不然老胡的三箭不是白挨了嗎？」

雷登爾扭頭看著胡泰來，這次胡泰來沒有說話，只是虛弱地朝他點點頭。

在第三回合開始前，一個長腿細腰的女郎舉著牌子繞場一周。

「別衝動了啊——」王小軍小心地囑咐了雷登爾一句。

瓦肯斯基清楚自己的時機已經成熟了，經過兩局的瘋狂出拳，雷登爾的體力一定已經消耗大半，在第三局裡，他像頭野獸一樣撲了過來，雷登爾毫不示弱地展開對攻，但他的拳頭確實已經不像剛才那麼強勁了。

「完了完了。」王小軍哀號道：「沒想到老雷是這麼個直筒子脾氣，他是怎麼當上拳王的？」

陳覓覓托著下巴道：「而且，老胡教他的招數他一招都沒用，我真不明白他這幾天下這麼大苦功圖什麼。」

王小軍洩氣道：「我看敗陣也就是這回合的事了。」

場上，雷登爾出拳速度已明顯遲鈍，隨著臉上吃了幾下，他更顯出惱羞成怒的樣子，瓦肯斯基面帶冷笑，不斷地移動、出拳，配合著他充沛的體力，就像一頭窮凶極惡的袋鼠，誰都能看出來他占著上風，相比起來，雷登爾就像個任性胡鬧的孩子，在極短的時間裡揮霍完本就不多的精力，這會兒呈現出不支的現象。

這時，瓦肯斯基利用雷登爾一個空檔，右勾拳結結實實地打在他下巴上，雷登爾一路踉蹌著靠在王小軍前面的圍欄上，隨即慢慢往地上出溜下去，眼看快要不行了。

但是根據比賽規則，只要人不倒地，比賽就得繼續，瓦肯斯基滿眼放光，一個箭步衝了過來，可他剛掄起右拳，就馬上下意識地退了回去——王小軍趴在圍欄上張牙舞爪道：「過來啊，老子一掌拍死你！」

瓦肯斯基對王小軍記憶深刻，而且至今百思不得其解，一個瘦小的中國人是怎麼抓住自己拳頭讓自己不能動彈的，面對這個剋星，他可不願意冒險，萬一這小子真會什麼邪術給自己來一下子，那就因小失大了，反正大勢已定，也不急於這一刻解決，於是抓住裁判指著王小軍大聲申訴。

裁判一臉茫然，只得對王小軍做了一個警告的手勢；全場的拳迷也是好幾千臉懵逼，他們也想不通瓦肯斯基明明再補一拳就可以結束比賽，為什麼會害怕對方助手一個毫無營養的場邊恐嚇？……

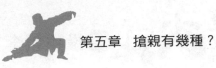

雷登爾緩緩坐倒在地上，暈了片刻，抓著護欄往起站。

王小軍道：「老雷，要不咱不打了吧？」

雷登爾忽然呲牙道：「再有一個回合，我保證結束戰鬥。」

王小軍無奈道：「是，我們都看出來了，不同的是，現在結束你還能走著回酒店，下個回合結束，你就得躺著回去了。」

等雷登爾爬起來的時候，第三回合也結束了。瓦肯斯基吐出牙套，面色猙獰地望著這邊，他似乎也在盤算著在下局結束戰鬥。

王小軍給雷登爾擦著眼角和嘴上的血道：「老雷，下局開始以後，你找個機會趴在地上就別起來了，我們看出你盡力了，比賽嘛，本就是有輸有贏。」

第四回合開始，雷登爾一改風格開始防守，他用雙臂把自己包得像朵食人花似的任憑瓦肯斯基打，臺下觀眾譁然，瓦肯斯基心裡暗暗冷笑，現在才想保留實力已經太晚了，隨著體力的下降，防禦也勢必會受影響，在自己兇猛的攻擊下，雷登爾很快就會露出破綻。

就在這時，雷登爾腳下一滑，整個人遠遠地跌了出去，瓦科斯基一個滑步趕上，這次，他真的準備要結束比賽了——然而，雷登爾看似失去平衡的身體，卻在這個過程中完成了一次蓄力，他本來是背對著瓦肯斯基，這時右臂一甩，把拳頭掄圓砸了過來。

瓦肯斯基雖然猝不及防，但他畢竟有著豐富的拳臺經驗，雙拳一架，被打得退後了幾步，他有些發懵，被雷登爾這招「側身甩拳」驚到了。

所謂側身甩拳，常見於小販被城管圍剿、醉鬼阻止別人攙扶他的時候使用，標準步驟是一個趔趄加上一個甩胳膊的動作，在日常生活中有趁人不備傷人於無形的功效，但在拳擊史上還屬首例。

瓦肯斯基腳步止不住地不斷後退，這是他從未遇到過的情況，冥冥之中，瓦肯斯基預感到了一絲不妙……

胡泰來眼睛亮了，在別人眼裡，雷登爾這是打急了眼的表現，可是他卻知道，這招的真正名字叫「黑虎擺尾」，是黑虎拳中威力很大的一招敗中求勝的招式，講究的是時機的拿捏和利用回身甩肩的力量給予對手重擊。

雷登爾一招把瓦肯斯基打退，身子忽然高高躍起，利用對手腳步不穩的

空檔，右拳狠狠砸在他的前額。

胡泰來微微一笑道：「山虎撲鷹。」

瓦肯斯基被一拳打得仰起臉來，渾渾噩噩中，只覺頂燈耀眼，雷登爾恍如天神一樣俯視著他，接著巨大的拳頭轟在他左臉頰上，瓦肯斯基被打得佝僂起來，他直飛出去，砸在護欄上又彈在地上，然後連眼睛都沒來得及閉上就昏迷了過去！

裁判見瓦肯斯基倒地好幾秒後才反應過來，拼命抱住了還要上前的雷登爾，同時揮手示意比賽結束，雷登爾衝地上的瓦肯斯基怒吼著：「Come on BaBy！」

臺下一陣譁然，尤其是瓦肯斯基的拳迷們，眼睜睜地看著偶像被野球拳幹倒，就像是在紫禁城之巔看西門吹雪和葉孤城的決戰，西門吹雪剛使了一個「力劈華山」，然後就把葉孤城鎖骨剁斷了一樣令人沮喪愕然。

所有人都在猜測，雷登爾用前兩局讓瓦肯斯基輕敵，在第三局示弱，在最後一局中突施奇招一錘定音，為了這場比賽確實動足了腦筋。然而只有雷登爾自己清楚，前兩局的狂攻他真的是為了發洩憤怒，但是王小軍那句話讓他冷靜了下來：你得想辦法贏，不然老胡的三箭不就白挨了嗎？

雷登爾確實是從第三局開始動上了腦筋，他從沒有像今天這樣渴望勝利，但不是為了自己，是為了朋友。

當裁判把雷登爾的手高高舉起的時候，雷登爾自顧自地來到場邊，用拳頭指指胡泰來道：「胡，這場比賽是為你打的！」

胡泰來微笑點頭，王小軍小聲嘀咕道：「你倆要不就在這把婚訂了算了——」

說起訂婚，他猛地拽起胡泰來道：「別裝憔悴了，咱們得找思思去了。」他回身衝雷登爾揮揮手，大聲道：「你慶祝勝利吧，我們還有事先走一步，歡迎下次再來中國。」

雷登爾看著他們的背影有些愕然，等他想回應的時候，三人已經跑得人影都不見了。

車上，胡泰來兩眼直勾勾盯著王小軍，臉色煞白呼吸急促。王小軍小心道：「老胡，我下面跟你說的話，你聽完可千萬別激動——思思她今天要嫁人了……」

胡泰來道：「是曾玉嗎？」

王小軍點點頭：「你也知道她不是自願的，所以我們現在要做的事，就是把她搶回來。」

胡泰來道：「怎麼搶？」

他還能保持冷靜倒是很出乎王小軍的意料，王小軍托著下巴道：「咱們來想一想，搶親有幾種搶法？」

陳覓覓沉聲道：「兩種！」

王小軍和胡泰來一起湊上去道：「哪兩種？」

陳覓覓冷靜分析道：「一種是在牧師問答環節，問有沒有親人反對的時候站出來質問新娘；還有一種就是拉著新娘就跑。」

王小軍不屑道：「你這是電影看多了吧，萬一是中式婚禮呢？壓根就沒有問答環節，只有見父母改口環節。第二種也不行，以老胡的傷勢，他拉著思思跑不出十米就得仆街，而且還有個前提是沒人追，咱們攪的可是唐門的局，人家讓你先跑十米無所謂，正好是黃金射擊距離。」

陳覓覓臉一紅道：「我以前又沒搶過親！」

王小軍道：「這事確實只有兩種辦法，要麼打，要麼偷。」

胡泰來問：「什麼意思？」

王小軍道：「打就簡單了，誰攔著咱，咱就把他打躺下，搶親跟搶錢不是一樣的麼？」

胡泰來搖頭道：「偷呢？」

王小軍乾脆俐索道：「趁婚禮沒開始就混進去，把思思偷出來！」

胡泰來不加思索道：「用偷的！」

陳覓覓道：「我也偏向於用偷的！」

王小軍嘿嘿笑道：「既然意見一致那就好辦了。」

胡泰來道：「可是咱們該怎麼混進去呢？」

王小軍道：「我有辦法！」他手指往前一揮，對陳覓覓道：「開車！」

陳覓覓翻了個白眼，王小軍領路，帶著兩人在附近商業街轉了一圈，隨即車頂上便多了一百多個氣球，每人多了一身動物玩偶衣。

他讓陳覓覓把車停在唐思思舉辦婚禮的賓館附近，然後道：「咱們化裝成發氣球的玩偶人，先混進去然後見機行事。」

胡泰來道：「如果有人上來盤問，我們怎麼說？」

王小軍擺手道：「肯定不會的，新郎那邊會以為我們是酒店安排的，酒店則會以為我們是婚慶公司的人，誰會在乎三個發氣球的？」

陳覓覓又好笑又好氣道：「你是不是早就盤算好了呀？」

「這叫凡事預則立，不預則廢，這幾天我為了這事可沒少死腦細胞。」

胡泰來緊張道：「然後呢？」

王小軍接著道：「現在都流行伴娘團，曾玉為了顯闊，伴娘團肯定找了不少人，我的第二步計畫就是讓覓覓混進伴娘團，伺機把思思帶走。」

陳覓覓擔心道：「怎麼進去還好說，出來的時候怎麼辦，尤其還是帶著新娘子的情況下？」

王小軍道：「故伎重演啊，你那時不是已經是伴娘裝扮了嗎？那就把你的玩偶衣給思思穿，唐家見過你的人只有唐傲，而且那天只是匆匆一面，就算迎面碰上也未必想得起來，三個發氣球的發到一半擅離職守，伴娘中途溜號，這種事自然也沒人管，只要咱們上了車，憑你的技術，誰能追得上咱們？」

陳覓覓哈哈笑道：「沒想到你不但會搶人，偷人也有一套。」

王小軍轉頭對胡泰來道：「老胡，這件事成敗的關鍵其實不在我們，而在思思，她如果願意跟我們走，一切都好說，但她萬一不願意呢？」

「不願意……」胡泰來沉吟片刻，對陳覓覓道：「覓覓，如果她不願意，那我拜託你就算把她打昏也要帶她出來，她可以不嫁給我胡泰來，但絕不能自暴自棄。」

陳覓覓背對著他一豎大拇指：「交給我了，咱們出發！」

三個人在酒店附近換好衣服，王小軍是小熊維尼，陳覓覓是跳跳虎，胡泰來則是長耳兔，三人各拿了一串氣球，憨態可掬地進了酒店，迎面一眼就看見曾玉和唐思思的婚禮告示牌，這是一家花園式酒店，儀式將在草坪上進行。

王小軍小聲道：「果然按曾玉的脾性是舉行西式婚禮。」

草坪上，已經有賓客陸陸續續地到來，三個人一邊隨手發著氣球，一邊觀察著周圍的情況，王小軍見司儀們不斷進出，指著一棟樓道：「思思一定在那裡。」

陳覓覓道：「我去偵查一下情況。」

「我也去！」王小軍跟在陳覓覓身後，胡泰來剛想動，王小軍道，「老胡你留在這兒，以免讓人起疑。」

胡泰來無奈，只好站在原地。

進了樓裡，王小軍就見四下張燈結綵，看來曾家果然是大手筆，包下了

整個酒店，兩個保安冷不丁見進來兩個萌物，愛搭不理地把頭扭在一邊去了，在這裡搞活動的都是有錢人，各種稀奇古怪的手段都有，兩人都見慣不驚了。

他倆沒搭理王小軍，可王小軍偏偏湊了上去，悶聲悶氣道：「勞駕問下兩位大哥，新娘子在幾樓？」

其中一個瘦保安稍稍有些警覺道：「你問這個幹什麼？」

王小軍舉止自然地道：「新郎讓我們給她送禮物。」

瘦保安上下打量了王小軍一眼，懷疑道：「禮物放哪兒了？」

王小軍做了一個萌萌的手勢道：「我們就是禮物呀。」

胖保安不耐煩道：「新娘在二樓套房裡，你上去再問吧。」

兩人上了二樓，在各個房間逡巡了一圈，就聽前面一個屋子裡有人大聲道：「新娘高興一點，咱們再來一張！」

王小軍探頭一看，就見唐思思坐在正中，周圍都是身穿白紗的伴娘，一個攝影師正在給她們拍照。唐思思表情木然，這時無意中往門口看了一眼，王小軍嚇得急忙縮了回去。

陳覓覓好笑道：「你穿成這樣，她怎麼可能認出你？」

王小軍隨即恍然道：「對呀。」

陳覓覓道：「思思就在裡面，你給我準備的伴娘服呢？」

王小軍手一攤：「我是維尼熊又不是哆啦A夢，你看我哪還有口袋放啊？」

「那怎麼辦？」

「搶一套唄，你就在門口守著，看誰上廁所什麼的就跟上她，打暈了扒她衣服。」王小軍無奈道：「雖然咱們想兵不血刃，但我相信你會有分寸的。」

陳覓覓卻二話不說突然把王小軍拉進套房，轉身把門摔上，把頭套摘下來抱在懷裡，大聲道：「思思，你跟我走吧。」

唐思思忽聽有人喊她名字，愕然抬頭，驚詫道：「覓覓，你怎麼會在這裡？」

陳覓覓示意王小軍守住門口，上前拉住唐思思的手道：「思思，我知道你不想嫁給曾玉，做人何苦糟踐自己，我們來是帶你走的。」

唐思思瞠目結舌，王小軍戴著頭套衝她招了招手，笑呵呵道：「思思，好久不見啊。」

「小軍？」唐思思愈發驚訝了。

陳覓覓索性把自己從玩偶服裡解放出來，對一旁七八個伴娘道：「姐妹們，新娘結婚是被逼的，同為女人，希望你們能理解她的苦衷，現在我需要你們配合，放心，新郎問責起來，你們就全推給我，我叫陳覓覓。」

七八個女孩面面相覷，其中一個長相格外柔美的女孩斷然聲援道：「妹子，我也是蕾絲邊，我祝你們幸福，說吧，需要我們幫什麼忙？」

「呃……」看來這女孩把她和唐思思當成一對了，陳覓覓又不好多解釋，當下說：「我需要你們其中一個人身上的衣服。」

「穿我的！」那女孩立刻把身上的禮服脫了下來，王小軍尷尬地剛想轉過頭去，才發現那女孩衣服裡面還穿了連體內衣。

陳覓覓套上禮服，把玩偶衣扔給唐思思道：「你穿這個跟我混出去。」

唐思思還在發愣，陳覓覓急道：「唐思思，你到底怎麼想的，你家人都做到這份上了，你還要顧念什麼狗屁親情嗎？」

伴娘團的女孩們七嘴八舌道：「你跟她走吧！」

唐思思猛地跳起來一把扯碎婚紗，咬牙道：「好！從此以後我就跟這個家徹底決裂了！」

王小軍拍手道：「這才像唐思思。」

陳覓覓心疼道：「二十萬的婚紗啊——」

在唐思思換衣服的時候，有一個人最為尷尬，就是那個攝影師，在這個房間裡，除了王小軍，他是唯一的男性，而且是直接受雇於新郎的，現在有人來搶親，他雖然沒有義務跟對方拼命，但作為目擊者，也下意識地想做些什麼，陳覓覓一指他：「你不想找麻煩吧？」

攝影師握著三腳架為難道：「要是新郎追問起來……我怎麼交代？你們總得給我留條後路吧？」

王小軍做了一個收到的手勢，左右看看，伸手把門口的純鋼衣架給掰彎了，然後問攝影師：「這行嗎？」

攝影師放下三腳架，端詳了一眼道：「能再彎得明顯一點嗎？」

王小軍索性把那鋼管給擰了個圈。

攝影師道：「多謝！」這他就完全可以交代了，他的職責是拍照，絕對不是跟能把鋼管擰成圈的維尼熊決鬥。

這時唐思思也換好了衣服，陳覓覓道：「走！」

三人向屋裡的人揮手作別，打開大門衝了出去，恰好跟一個人碰了個對臉，這人英俊冷漠，手裡拿著一束捧花，起初對這三人並沒有在意，但是環

顧了一圈，發現眾人臉色各異，唐思思又不在場後，馬上意識到了什麼。

「唐思思！」唐缺衝門口三人的背影喝了一聲。

唐思思禁不住一哆嗦，王小軍在她背上一推，小聲道：「你和覓覓先走，我來對付這個手下敗將。」

唐思思問道：「那你怎麼走？」

「我把他打倒後就去追你們。」王小軍道。

陳覓覓聽他話裡意思有十足的把握，於是拉著唐思思繼續飛跑。

王小軍慢慢轉回身，衝唐缺聳了聳肩。唐缺今天打扮得格外英氣逼人，一身西服熨帖得像霸道總裁似的，他這會仍舊不明就裡，以為唐思思找了兩個閒雜人等來協助她逃跑，事情敗露後那兩人跑掉了，所以他把穿著玩偶衣的王小軍當成了唐思思。

「三妹，你太不懂事了，事到如今你還在耍性子！」唐缺板著臉道。

王小軍猛地把頭套扯下來哈哈一笑道：「我不是你三妹，我是你爺爺！」

「王小軍！」唐缺瞳孔急劇收縮，一撩西服露出了腰上的針囊。

王小軍嘿然道：「參加妹妹的婚禮還暗藏凶器，你們之間果然沒什麼感情。」不過這倒是他第一次看到唐缺裝針的工具。

唐缺冷冷道：「我帶著武器就是為了防備你們這些不速之客！」

這麼久不見，他說話處事的風格仍是冷得像塊千年堅冰，不過他這一套對王小軍已經免疫了，王小軍笑嘻嘻道：「你覺得你那些繡花針管用嗎？」話音未落，他已率先撲了上來，現在時間寶貴，他要速戰速決！

唐缺一把蜂毒針拋出，王小軍卻已不是當初的王小軍，他掌緣在牆壁上一推，身子高高躍起繼續撲來，那些細針大部分走空，還有一些竟被牆壁上激起的沙塵碎末砸落。

唐缺吃了一驚，扭頭就跑，當王小軍落下的時候，他已經站到了走廊的盡頭。

「唷，你現在可出息了，學會逃跑啦！算你跑得快。」

王小軍無奈，他不會什麼輕功，繼續追肯定追不上，王小軍把頭套扣在頭上，順著陳覓覓她們跑掉的方向追了下去，他現在心裡只有一個願望，那就是趕在唐缺之前跑出酒店，只要讓他們上了車，再快的暗器也白搭！

·第六章·

B計畫

草坪上，曾家和唐門的賓客齊聚一堂，還有十幾個唐門弟子手捂肋下的鏢囊，列成一排擋在三人面前。

王小軍把頭套摘下來一腳踹飛，無奈道：「改用B計畫！」

唐思思好奇道：「B計畫是什麼？」

王小軍言簡意賅道：「打！」

王小軍衝下樓，眼看著前面兩個女生已經跑上了草坪，胡泰來踮起腳尖在酒店大門附近張望，只要過了那道門，他們就自由了！

就在這時，唐缺的聲音忽然透過酒店的廣播器傳了出來：「抓住那幾個玩偶，他們是來搶親的！」

草坪上，曾家和唐門的賓客齊聚一堂，足有兩三百人，聽到喇叭裡的通告，一半人轟然站起，還有十幾個唐門弟子手捂肋下的鏢囊，列成一排擋在三人面前。

面對上百號人的人牆，陳覓覓和唐思思只得停下了腳步，王小軍懊惱地把頭套摘下來一腳踹飛，無奈道：「改用B計畫！」

唐思思好奇道：「B計畫是什麼？」

王小軍言簡意賅道：「打！」

見事情敗露，胡泰來脫掉偽裝也走了過來，唐思思摘掉頭套一笑道：「老胡，好久不見，你倒是白了不少啊。」

「他那是失血過多。」王小軍無暇多說，上前一步道：「唐思思這小妞我今天一定要帶走，有誰不服的，上來咱們手底下見真章吧。」

唐門十幾個子弟中，年紀最大的一名壯漢出列，他聽對方如此說話知道是武林中人，此時又無師長在側，怒道：「閣下是哪門哪派的？你鬧唐門的場子，你師父知道嗎？」

唐思思對王小軍道：「這是唐門十三太保中的老大，擅長打雙刃鏢，不過你不用怕他，他是坐飛機過來的，拿手的暗器一樣也帶不來，現在鏢囊裡的鏢全是餐刀臨時改的。」

王小軍聽了，對大太保道：「我無門無派，這位老兄既然出來叫板，那我就領教一下你的暗器絕技吧。」

大太保聞言臉一紅，他鏢囊裡確實只有十支餐刀，這玩意沒尖兒沒刃，飛行速度和方向都不好把握，迫不得已的時候保命可以，但讓他當眾拿出來，他可沒這個勇氣，大太保索性把鏢囊摘下來扔在地上道：「這裡都是我唐門的貴賓，又是大喜的日子，動刀動槍不吉利，我用拳跟你過幾招。」

王小軍心裡鬆了口氣，對方要是硬著頭皮上的話他也沒十足勝算，暗器這東西，都是人家隔著十來米打你，王小軍可不願意當這種受氣包。

大太保往前一撲，單拳打來，王小軍錯步站在他身子正前方，不等他拳到，一掌把他拍得順原路滾了回去。

王小軍一招得手也有些愕然，不禁道：「這老大功夫也太差了吧。」

唐思思解釋道：「唐門專精暗器，拳腳功夫就耽誤了。」

十三太保見對方一出手就把老大打了一溜跟頭，一起把手伸進衣服大呼小叫起來。

王小軍頭皮發麻道：「思思，你確定這些人的暗器都被安檢沒收了吧？」

唐思思提醒：「有幾個打泥彈的你要小心。」

王小軍無語，這十幾個人要一起發作起來，別說暗器，就算是一人丟塊擦鼻涕紙也免不了要被蹭上幾下，王小軍想到這兒，就覺還是先下手為強的好。

他四下一掃，就見旁邊的桌子上立著一個十層的巨型奶油蛋糕，他一個箭步跳過去，手掌在桌子底下一拍，那蛋糕便蹦到了半空中，王小軍再一掌打在蛋糕盤底，那個巨大的蛋糕瞬間變成一個極速飛行的火箭砸向十三太保。

那些鬆軟的奶油在空中散開，劈哩啪啦地砸在十三太保身上頭上，王小軍隨後殺到，他手起掌落，把除了大太保之外的十二太保逐一打倒，於片刻間又回到了陳覓覓他們身邊，王小軍舔著手上的奶油道：「既然按B計畫來了，該砸東西也得砸。」

現場一片譁然，一個老者滿臉憤然地跳了出來，喝道：「好大的膽子，你們鬧唐門的場子就是沒把我放在眼裡，我乃是……」

王小軍上前一掌道：「去你的吧！」

那老者看穿著就是武林人士，別人都穿西裝，只有他穿了一件渾身布紐的黑綢衫，顯然自命不凡，只是那派頭不像武林前輩，更像是軍閥家裡請的教頭，王小軍一掌拍來，他胸有成竹地用雙手拇指去按對方手掌上的穴位，結果就聽嘎巴一聲，老頭兩個大拇指全被拍得錯了位，一個屁墩兒坐在了蛋糕渣上。

王小軍道：「接著說，你是誰？」

那老者自然不肯再報名姓，他屁股往邊上挪了挪，找了片乾淨地方假裝暈倒去了。

王小軍道：「這老傢伙怎麼跟淨塵子一個德行？」他拍拍巴掌道，「還有誰不服？」

現場又是一陣騷動，他瞬間團滅十三太保，大敗老不要臉，唐門請來的朋友人人臉上無光，而此刻唐家無人出來主持大局，這些人卻也不能就這樣放王小軍他們走了，一時十幾個人一起擋在王小軍面前，說不得也只好

群毆了。

至於草坪另一邊，那些人個個衣冠楚楚，全是曾家請的商界朋友，這些人見了這種局面，幾乎是同時掏出手機準備報警。

就在這時，一人大聲道：「不能報警，否則唐門以後怎麼做人？」

這人起身來到王小軍面前，厲聲質問道：「你們幾個是受何人指使？」

這人正是華濤。王小軍愕然，他們的底細華濤知道得很清楚，卻不明白他為什麼這麼問，一時更弄不懂他到底是想幫唐門，還是在打什麼啞謎。

陳覓覓道：「沒人指使我們！」

華濤道：「你們敢報出自己的門派嗎？」

陳覓覓道：「我叫陳覓覓，我師父是武當派龍游道人！」

聞聽此言，唐門的賓客中頓時就坐下七八個，陳覓覓的名字他們或許不熟，但武當和龍游道人的名頭卻無人不知，眼前這姑娘就是傳說中的武當小聖女，若從龍游道人那裡排輩，在場的人幾乎都得算是她的晚輩。

這且不說，自己若動這小姑奶奶一根指頭，那就相當於跟武當為敵，這筆帳這些人還是算得清楚的，唐門的根基在四川，現場的賓客無非就是來應景捧個場，大多和唐家並無深交，也就犯不上觸這個雷。

這時眾人的目光全都集中在了華濤身上，論身分，他是華山掌門，論武功也當屬他是翹楚，現在跟武當派對上，眾人都等著看好戲，素聞這位華山掌門八面玲瓏，今天倒要看看他如何應對這個局面。

華濤聽完陳覓覓的話只是微微點了點頭，轉而又問：「幾位和唐門有什麼過節，也該挑個別的時間再了結，今天是人家嫁女兒的大日子，我華某雖然和唐門往來不多，可也不能讓你們為所欲為。」

眾人一聽均暗自點頭：這話鋒轉的羚羊掛角，不露痕跡。

陳覓覓這時明白了華濤的心思，這是在製造機會讓她陳述原由，當下朗聲道：「唐思思是我們的朋友，她並不想嫁給曾玉，是家裡人抓她來這裡強迫她的！」

華濤拍著桌子道：「唐家大小姐願不願意嫁人是一碼事，你們今天駁了我們這些武林同道的面子又是另一碼事，我華山派決不能坐視不理，這樣吧，你們選出一人來下場比試，若是贏了，我自然無話可說，要是輸了，你們得先向諸位同仁磕頭賠禮。」

唐門賓客們一聽無不振奮，暗道自己剛才錯怪了華濤，堂堂的華山掌門把江湖道義看得還是很重的。

王小軍和陳覓覓對視一眼，愈發不明白華濤葫蘆裡賣的是什麼藥了，聽他剛才所說，似乎是有心幫自己，可這時又出言挑戰，華山派是六大派之一，華濤就算耽於應酬，武功肯定不弱，他既然親自出面，就要顧及一世英名，故意放水的可能性基本為零！

這時華濤不慌不忙地挑挑手指道：「華猛，你就代表我下場和他們比試比試吧。」

眾人這才恍然，合著他自己不親自動手啊——

「是！」華猛站起身，徑直走到王小軍面前，道：「我看你很囂張啊，吃我一拳！」說著照例把拇指藏在食指和中指之間，以點穴拳直擊王小軍。

王小軍盯著他的眼睛，希望能從眼神中得到什麼暗示，結果華猛的拳頭已經毫不客氣地到了面前，王小軍只得運起掌力拍出，拳掌相交，華猛猛然就像坐了飛機一樣高高飛起，隨即撞碎一張桌子跌落在地上。

直到此時王小軍才見他衝自己眨了眨眼，同時覺得掌心裡多了一張卡片，他不動聲色地把卡片交給身後的陳覓覓，小聲道：「華總因咱一句話賺了四百萬，這是還利息來了。」

華猛受師父指使暗中幫助王小軍，他是個直腸子，既不會使眼色，又不會做小動作，這一拳也沒有任何偷工減料的地方。

這就是華猛的一個小心思了，他見王小軍瞬間就打敗了十三太保，有心要和對方比比，結果一拳之後，身體就像騰雲駕霧一樣飛起，落下時卻行若無事的只砸碎了一張桌子，他知道這是王小軍手上加了暗力，以至於他看著慘烈，其實一點傷也沒受，當下對王小軍佩服得五體投地。

華濤面無表情道：「這位小兄弟好功夫，我說到做到，這件事華山派不再插手。」

他這麼一說，旁人也不好再強出頭，華山派都已經敗下陣來，自己再去糾纏，不是顯得信不過華濤嗎？

王小軍打了一群閒雜人等，有點心虛地問唐思思：「你爺爺怎麼還不出現？」

唐思思道：「我爺爺並沒來西安。」

陳覓覓驚訝道：「你結婚你爺爺居然沒來參加？」

唐思思只是苦笑。

「誰在這裡胡鬧！」這時從對面的樓裡走出幾個人，當先的中年人衣冠

楚楚，滿臉怒色，正是那天開車去婚紗店的人。後面跟著曾玉，還有一對中年夫婦，其中的丈夫和前頭那人長相依稀相似，那婦人相貌柔美，卻有憔悴之色。

唐思思一拽王小軍道：「前頭那個是我大伯唐聽風，後面……後面是我父親和媽媽。」

「正主終於出現了。」王小軍道。

他以前聽唐思思講過，唐缺和唐傲都是唐聽風的兒子，唐家老二只有她一個女兒，所以在家族裡抬不起頭，也沒什麼存在感，唐思思的爺爺既然不在，這裡主事的自然就是唐聽風。

王小軍上前一步道：「唐老大，你好啊。」

唐聽風愕然：「誰是唐老大？」

唐聽風長相可謂英俊，而且身板筆直虎背蜂腰，合身的西服一襯，更顯英姿勃發，唐缺十足繼承了他的樣貌。唐聽風臉上還有股書卷氣，比起華濤，更像個企業老總。

不等王小軍說話，曾玉蹦出來道：「思思，你怎麼又改變主意了？你不是答應嫁給我了嗎？」

唐思思不滿地道：「我是說過願意和你先交往的話，可你直接就硬塞給我一場婚禮。」

曾玉委屈道：「可是愛一個人有錯嗎？這一切都是因為我愛你呀！」

王小軍在一旁評論道：「這是十年前的韓劇風了，你該改改台詞了。」

唐思思道：「可是我不愛你，我對你一點感覺都沒有。」

曾玉一怔，隨即打個響指道：「這簡單，我保證，和我結婚後一個月內，你一定會愛上我！」

「噗——」陳覓覓終於忍不住笑了出來，「我知道了，這又是霸道總裁風，也太老梗了吧。」

唐思思回頭瞪了樂不可支的兩人一眼，隨即氣咻咻對曾玉道：「你給我滾，我再也不想容忍你這個傻瓜了！」

曾玉揚起一隻手道：「思思，不要這樣對我，我會心痛。」

唐聽風實在看不過去了，把曾玉拉在身後，板著臉道：「思思，你怎麼可以這樣說話？」

唐思思冷笑道：「我知道我錯在哪兒了，你們從小把我培養成一個大家閨秀，不就是為了賣一個好價錢嗎？」

唐聽風臉色突變道：「思思，你太過分了！」

唐思思道：「有什麼過分的，我只不過是實話實說而已。」

唐聽風喝道：「我這麼做都是為了唐門。」

唐思思針鋒相對道：「如果為了唐門，那你為什麼不把唐缺嫁給一個又老又醜的富婆？」

曾玉不幹了：「我可不老也不醜！」

唐聽風教訓道：「你大哥二哥為了唐門每天苦練技藝，你爺爺為了唐門，年屆七十還要東奔西走，我和你父親從沒睡過一天安穩覺，你捫心自問，你為唐門做過什麼？身為女兒就要有做女兒的自覺，何況你又生在唐門。」

唐思思氣結道：「你……」

王小軍拉住她道：「別衝動，等他說完再打他。」

唐聽風扭頭對身後那對中年人道：「二弟，你沒有什麼要說的嗎？」

這中年人正是唐思思的父親，他臉色難看，只是微微搖了搖頭，他身邊的婦人似乎連說話的勇氣也沒有，滿臉悽楚地看著唐思思。

王小軍咳嗽一聲上前道：「我說兩句吧，我也聽明白了，不就一句話的事嘛——唐門不容易，不容易就解散算了，幹嘛一個個茶不思飯不想，覺也睡不好，又不是什麼名門大派，武林沒了你們唐門就改嬰幼兒服裝批發市場啦？」

「你……」這次換唐聽風無語了。

王小軍擺擺手：「別跟我搞生在皇室身不由己那一套，你們是皇室嗎？唐思思要是公主，她和親去我也就認了，你們明明是家道中落了拿她換點錢，扯什麼民族大義、家族興衰啊？」

唐思思笑道：「我是頭一次聽見有人罵唐門我覺得這麼爽。」

唐聽風臉上紅一陣白一陣道：「你好大的膽子……」

王小軍懶洋洋道：「別廢話了，動手吧！」

唐聽風氣急了，抓住西服一扯道：「那我就讓你見識見識正宗的唐門暗器！」他與別人不同，西服裡面是兩個鏢囊，斜挎在兩邊肋下，如同兩個扇形兜子。

王小軍回頭對唐思思說：「你大伯是烤串燒的嗎，一邊裝辣椒，一邊裝孜然。」

唐思思卻正色道：「小心，他第一鏢打你的時候，你千萬別躲。」

王小軍納悶道：「為什麼？」

「你聽我的沒錯，他第一鏢打完，你就衝過去跟他比拳腳；再有一點，別讓他的小零碎刺傷你的皮膚。」

唐聽風說完話，唐門弟子們立刻清場，把賓客們都請到一邊，連場地上的桌椅都搬到了邊上，眾人聽說唐門大爺要和人比武，恨不得離得越遠越好，可又捨不得熱鬧，最終全擠在酒店樓下，隔著老遠往這邊看著。

陳覓覓和胡泰來帶著唐思思走到另一邊，場上只留下了王小軍和唐聽風。

唐聽風見自己和王小軍相距差不多剛好是十步，伸手從鏢囊裡掏出一支梭子形的暗器，一揚手道：「著鏢！」

那梭形鏢非金非木，在半空中飛行帶著一股尖銳的聲音直射向王小軍前心，王小軍下意識地想躲，又想唐思思絕不會害自己，索性站在當地不躲不閃，連手都沒抬一下。

「嗤——」那梭形鏢在王小軍胸前三四公分的地方冷不丁分成兩半各自斜飛，幾乎是擦著王小軍兩肩掠過，可想而知，如果王小軍剛才躲閃，無論躲到那一邊，這會兒正好被分開的暗器釘上胸口，王小軍暗叫僥倖，要不是有唐思思提醒，他這會兒非中計不可。

唐聽風見第一擊失敗，瞬間醒悟是唐思思給王小軍遞了話，手再伸進鏢囊之時，王小軍已經貼身欺上，唐聽風左手仍在鏢囊裡，右手抓向王小軍脈門，正是唐家的擒拿手絕技，王小軍既不能讓他拿住，卻也不想就此閃開，他故意手掌一歪，和唐聽風的擒拿手撞在一起，兩人隨即同時退開一步。

王小軍忽然毫無來由地嘿嘿一樂，原來這一招他的目的就是要試試唐聽風的功力深淺，結果很快發現唐聽風內功雖然不弱，但比淨塵子和苦孩兒似乎尚有不如，這就是說完全有得打！

王小軍自從知道了唐思思的真實身分以後，耳濡目染全是聽她說唐門如何厲害，他這次想的先是「偷」不是搶，也是因為內心裡對唐門有所畏懼，結果一招之下，他發現唐門的大爺功力也就不過如此，在這種距離下，他的暗器又派不上用場，那豈不是成了自己的天下？

他剛想到這，唐聽風的左手忽然探出鏢囊，就聽「嗖嗖嗖」連聲，從他左手裡接連飛出幾朵帶刺的鐵花，這些鐵花分射王小軍上中下三路，王小軍拼命擰身才堪堪躲過，不禁嚇出一身冷汗。

這唐聽風的暗器雖在咫尺之內卻能自如射出，這大大地刷新了王小軍的眼界，也讓他心頭浮上了一層陰影——唐聽風打暗器，居然不用考慮距離遠近！

眾人圍觀時，就見那幾朵鐵花在三步之內其疾如風，但隨即便像紙花一樣飄落在地，說明唐聽風出手極有分寸，目標就是和自己近在咫尺的王小軍，一旦不中自行卸力，這份拿捏在場的人都望塵莫及，不禁齊聲叫好。

王小軍滿頭黑線，在這種距離下都不能阻止對方打暗器，那壓力可就大了，誰知道他什麼時候又會丟出什麼奇怪的東西，而且唐家暗器都帶劇毒，別說被打中，就算擦破個皮也馬上玩完，王小軍不禁額頭見汗，無奈之下只好加倍小心。

唐聽風和王小軍又過了幾招，再次把手探進鏢囊，王小軍心又是一提，結果這次唐聽風似乎只是做做樣子，手從鏢囊裡抽出不見有暗器發射，而是再次去拿王小軍的胳膊，王小軍這才稍稍安心，手掌一舉就要把他擋回去。

但就在電光火石的一剎那，他冷不丁發現唐聽風剛剛拿出的中指和食指上似乎各多了一個頂針似的東西，在這頂針表面，密密麻麻地嵌滿了細刺，他這一掌要是和對方接觸，不免被這些刺所傷，王小軍猛地撤招。

唐聽風面帶冷笑，兩根手指一彈，把兩枚頂針當暗器射來，王小軍狼狽地逃開，忍不住罵了起來：「你這是什麼邪門歪道的功夫？」

這一來王小軍變得畏首畏尾，他學的所有功夫中都沒有能有效克制暗器的辦法，唐聽風虛虛實實，有時候明明手上沒有任何東西，偏生王小軍又不敢輕易冒險，唐聽風兩隻手來回地在鏢囊裡探來探去，不時有小暗器射出，間或是錢鏢，小釘子，有時是可以臨時戴在手上當武器的手刺、指環；而且這類武器不用了，還可以當暗器再打一次，王小軍不但要防他的冷箭，還得留神他手掌上有沒有帶有毒的外掛之類，最後已經到了崩潰的邊緣。

這時陳覓覓道：「小軍，用我教你的功夫打他！」

唐聽風眼見王小軍暈頭脹腦，只怕再有十幾招，不用別人打，他自己就得倒下狂吐，不禁有些得意道：「你跟那個姑娘學過什麼功夫，倒是使出來啊。」

王小軍鎮定一下心神，忽然往前邁了半步，不再用手掌作武器，而是用一雙小臂把唐聽風圈了起來，他不求把對方打倒，而是力圖把唐聽風的雙手控制在自己可見範圍之內，每當唐聽風想探手進鏢囊，他便以小臂做槓桿把他的手抬起來，正是武當的推手。

唐聽風見王小軍來這麼一招，心下著實有點驚訝，不過唐聽風也是一流的高手，很快發現王小軍的推手功夫遠未到家，也不急著再掏暗器，而是再

用擒拿手和他對敵，他的思路很清楚——你推手功夫只練到了三四分，我擒拿手卻熟記而流，長此以往，你還是得被我克制住不可。

武當派功夫博大精深，王小軍只和陳覓覓閒來無事練了幾天，完全沒能掌握其中的精髓，這會兒勉強使出來處處掣肘，好幾次差點被唐聽風拿住關節。

唐聽風見他終於露出一個破綻，五指罩住他的臂彎抓了過去，王小軍厲聲喝道：「拍死你！」他雙掌齊出，砰地一聲打在唐聽風小腹之上。

唐聽風一溜踉蹌坐在地上，下巴幾乎碰在腳面上，他手指著王小軍，吃驚道：「你……怎麼不用武當功夫了？」

王小軍笑道：「誰按套路出牌誰輸，許你打貼面鏢，就不許我切換畫風嗎?!小爺我會得更多！」他四下打量道：「唐門還有人反對嗎？」

唐聽風坐在地上喘息著，伸手一指唐思思的父親道：「二弟，你總不能看著……」

唐思思的母親死死拽住唐父，使勁地搖搖頭，唐父眉頭糾結，最終嘆氣道：「大哥都不行，我更不用上去獻醜了。」

王小軍耀武揚威地道：「這麼說是沒人反對了？」他拍拍手道：「唐門

不過如此，說實話我挺失望的。」他朝陳覓覓等人招招手道：「咱走吧。」

四個年輕人慢慢地走過草坪，在場的武林名士竟無人敢攔，這時，唐思思的母親緊跑幾步帶著哭音道：「思思，永遠不要再回來了！」

唐思思眼睛一紅，跟著王小軍他們走了出去。

王小軍帶著眾人出了賓館，一上車就謝天謝地道：「幸好唐傲不在，搶婚成功！」

唐思思無語道：「你還知道怕呀，你剛才說的話多難聽啊，簡直把我們唐門貶得一文不值。」

唐傲沒有出現是真的讓王小軍鬆了一口氣，他們三人如果跟唐傲的散花天女對上，真不知道現在誰還能完好地走出酒店。

想到這兒，王小軍道：「你們家人到底怎麼回事，你結婚，有的沒來，還有懷揣利刃的，就算知道你不是自願的，也不用這麼過分吧？」

陳覓覓加問道：「而且你為什麼會在西安結婚？」

唐思思解釋：「那是因為曾家在西安替唐門辦了一家藥廠，兩家人大部分都在這兒，曾玉怕夜長夢多，於是提議婚禮就在這辦，想不到最後還是被

你們給攪局了。」

王小軍道：「藥廠？賣什麼藥？」

唐思思道：「跌打損傷、理氣活血，我家出方子，曾家出錢。」

王小軍搖頭道：「你爺爺為了錢不但賣孫女，都開始坑人了！」

唐思思澄清：「那倒不是，據我所知，那些方子都是祖傳下來的，並沒有騙人。」

唐思思又道：「其實我挺愧對曾玉的，他們家為了我，不但要給峨眉派投資，又花了這麼多錢修藥廠，我卻食言了。」

王小軍勸道：「你以為他們花錢真是為了你啊？要沒賺頭他們家會當冤大頭？說到底都是商人而已。」

王小軍從照後鏡裡看著胡泰來，迄今為止他一句話也沒說，一副緊張過度的樣子，王小軍故意道：「老胡，你就沒什麼話想對思思說？」

胡泰來看著唐思思半晌才道：「那個錢……我會想辦法的。」

唐思思愕然道：「你想什麼辦法？」

王小軍還想說什麼，陳覓覓看出胡泰來有所顧慮，於是打岔道：「先說說咱們現在去哪兒吧？」

「對啊。」王小軍道，「我看西安是不能待了，咱把本地武林同道都得罪遍了，唐門回過手來也得找咱們算帳，老胡需要養傷……不然，咱們還是先回我家吧？」

唐思思率先拍手道：「好啊，我還真有點想念我的房間了。」

王小軍嘿嘿一笑：「覓覓，你願意跟我回家嗎？」

陳覓覓聽他話裡有話，正不知道該怎麼回答，電話來了，就聽華濤的聲音道：「卡裡是你們應得的九萬塊，西安就不要待了，至於去哪兒你們也不用告訴我，我能幫的就這麼多了。」

陳覓覓道聲謝，掛了電話。

王小軍感慨道：「華掌門八面玲瓏名不虛傳啊，既不得罪咱們，唐門還得領他的情，最後把你們武當也扯了進來，旁人聽了你小聖女的名頭不好群毆咱們，但這筆帳可就算在武當派身上了。」

陳覓覓一笑道：「人之常情，華濤也沒什麼壞心眼，只是你這一趟出來遊說六大派的目的算是流產了。」

王小軍擺手道：「我也知道，想在武協大會上讓六大派的人支持我，基本上是不可能了，咱們走一步看一步吧。」

陳覓覓開車上了高速公路，一路風馳電掣地往鐵掌幫飛奔。

天黑下來時，胡泰來傷勢沉重，昏昏地睡了過去，唐思思也開始不停打盹，最後終於靠在胡泰來肩膀上睡著了。

王小軍嘆道：「看來老胡也只能用這種辦法和意中人親近一下了，說起來，老胡就不如我幸福。」

陳覓覓道：「為什麼這麼說？」

「因為我有你呀。」

陳覓覓頓覺上當，索性不說話了。

王小軍道：「陳覓覓同學，咱倆的關係是不是該往前走一步了？」

陳覓覓不覺道：「你打算怎麼走？」

王小軍鄭重地說：「我知道我們還太年輕，有很多不確定的因素，可是你可以信任我，我王小軍……」

陳覓覓打斷他：「我是說下了高速公路往哪兒拐？」

「往左……」

第二天早晨，他們終於到達王小軍所在的城市，看著熟悉的一切，王小軍有種恍然如夢的感覺，當陳覓覓看到院子門口那個「鐵掌幫」的牌子時，樂不可支地道：「你們鐵掌幫還真是低調的奢華啊。」

胡泰來和唐思思這時也醒了，睜開眼驚道：「我們已經到了嗎？」

「走，回家！」王小軍把車裡的東西往肋下一夾道。

唐思思笑道：「你走之前還是鐵掌幫的人，這次回來可就是無門無派了。」

王小軍哼了聲道：「我可沒那麼多愁善感，這裡永遠是老子的地盤。」

他特意讓陳覓覓走在前面，陳覓覓一進院子就驚喜道：「這地方真敞亮。」

她話音未落，正廳裡有老者的聲音道：「是小軍回來了嗎？」同時伴有麻將牌的聲音。

王小軍一個箭步衝進去，樂道：「是我。」

說話的是張大爺，他這會馬上要和，顧不上多說，兩眼死盯著上家李大爺，李大爺知道他停牌，小心翼翼地打出一張筒子，仨老頭和一個美男子的牌局在亙古不變地延續著……

陳覓覓拽著王小軍小聲問：「這幾位是？」

王小軍解釋：「這都是我的老主顧，我們鐵掌幫業餘也開麻將館——」

想了想覺得不對，馬上改口：「我們這個麻將館偶爾也充當鐵掌幫的基地。」

仨老頭和謝君君雖決戰在即，赫然發現王小軍帶了一個漂亮女生回來，忍不住一起抬頭，王小軍拉著陳覓覓道：「哦，這是我未來老婆。」

陳覓覓發窘道：「不是說女朋友嗎？」

「哦?!」老哥三個和美男子都饒有興味地盯著她打量起來，陳覓覓自知中了王小軍的暗算，輕啐了一口跑到後院看房子去了。

陳覓覓來到後院，王小軍給她介紹各屋情況，當初唐思思霸佔了其中的一間正屋，目前還能住人的只有西廂的一間客房，陳覓覓也不挑剔，樂呵呵地打掃出來，和胡泰來做了鄰居。

時過中午，前院的牌局也散了，王小軍剛想關門休息，這時不由分說走進十幾條勁裝漢子，接著一位老者邁步走了進來，他身後跟著一人，正是虎鶴蛇形門的大武武經年，這老者身材高大不怒自威，那些門人個個大氣也不敢出，顯然對他極其敬畏。

王小軍一看這架勢，已然猜到這老者的身分，臉上卻不動聲色道：「您老找誰？」

那老者正是虎鶴蛇形門的掌門張庭雷，這些日子他憋著勁要找鐵掌幫的晦氣，結果不但王小軍不見蹤影，連王靜湖也莫名失蹤，老頭一天比一天火大，門人弟子們無奈，只好天天來鐵掌幫探查，今天總算是把王小軍給「盼」回來了。

張庭雷沉聲道：「讓王小軍出來見我！」

王小軍笑嘻嘻道：「您找他有什麼事？」

張庭雷不悅道：「你就說他在不在？」

王小軍道：「所以我問您找他有什麼事，您要是喊他吃飯，我就幫您找，您要是找他打架，我看他八成不在。」

虎鶴蛇形門的弟子們臉色各異，這裡除了張庭雷以外，明明所有人都認識王小軍，卻是誰也不敢貿然說話。最後還是大武小心翼翼地在張庭雷的耳邊道：「師父，這人就是王小軍。」

張庭雷愕然，他以為兩次大鬧上門的王小軍是個多麼乖張霸道的煞星，想不到初次見面對方居然是個油嘴滑舌的小孩兒。道：「就是你兩次打上我們虎鶴蛇形拳的門上？」

王小軍瞪了大武一眼道：「說透了有意思嗎？一點也不懂得息事寧人。」

大武無語……

·第七章·

無敵之人多寂寞

陳覓覓嘆氣道：「我師父空有一身驚世駭俗的武功，可是卻沒有相應的對手，它的創立是以我師父自己為假想敵的，他老人家後半生沒有對手，便拿自己當對手。」

王小軍感慨道：「無敵之人多寂寞！嘖嘖……」

王小軍道：「老爺子，別光說我鬧事，您那侄子的所作所為您都瞭解嗎？」

張庭雷道：「劉老六都跟我說了，他已被我革出門牆。」

王小軍點點頭道：「那您說他的所作所為該不該打？」

張庭雷冷笑道：「他該不該打不是由你說了算的，就算該打，也不該由你來打，再則，你一次鬧上我家裡還不夠，第二次砸爛我大門的事又怎麼說？」

王小軍無懼地道：「這事我承認，不過您要是要講理的話，咱們就一碼一碼算清楚，你侄子帶人打傷我朋友和他的徒弟，而且對方還是小女孩，我雖然教訓了他，可他自始至終沒有正式道歉，也沒做任何賠償，這樣，您讓他來跟我朋友認錯，我再到您門上給您賠禮，這才叫公平公正！現在您說您把他開除了事，這種拿臨時工頂帳的做法我不服，順便一提，我自己也把自己開除出了鐵掌幫。要我說咱們就算兩清，您怎麼看？」

張庭雷仰頭打個哈哈道：「鐵掌幫的人果然都會自說自話這一套，你說兩清就兩清了嗎？」

「呃……我剛說了，我已經不是鐵掌幫的人了，您是不是上歲數，記憶力不太好了？」

張庭雷怒道：「少貧嘴，你今天必須給我磕頭認錯，我看你年紀輕輕就不計較了，或者你把你爺爺或者你爹叫出來，我和他們理論！」

王小軍懶洋洋道：「你就說吧，你到底是想講理還是講打？」

張庭雷冷冷道：「憑我的輩分跟你扯了這半天淡你還想怎樣？你也配跟我講理嗎？」

王小軍嘿然道：「好，看來余巴川有句話說得沒錯，武林嘛，什麼德高望重都是放屁，最後還不是誰拳頭硬誰就有理，既然你跟我耍渾，那我也不客氣了。實不相瞞，像你這種老頭我最近也沒少打！」

「放肆！」張庭雷的弟子們紛紛怒喝道。

這時陳覓覓等人聞聲走出，唐思思便把事情經過講述了一遍，陳覓覓聽完皺眉道：「這老頭好護犢呀，憑他侄子的所作所為，本該是他先給老胡一個交代才對。」她上前一步道：「小軍跟他打！還廢什麼話？」

張庭雷哼了聲道：「好，不愧是青出於藍，現在的年輕人真是有膽魄！」

王小軍攤手道：「那就打吧。」

大武道：「師父先少歇，讓我去會會他。」

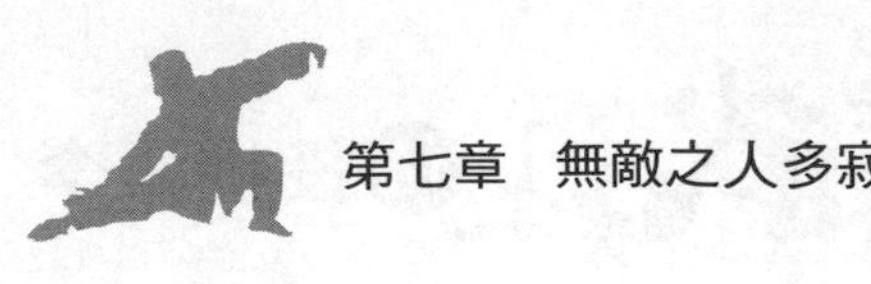

王小軍立馬道：「大武兄，不是我看不起你，憑你的本事最多跟我過上十招，你無非是想告訴你師父不要輕敵，這話我替你說——」

他果然認真地對張庭雷道：「張老爺子，你別看我年紀小，可是我很厲害的，你可千萬別輕敵。」

大武頓時滿臉通紅，張庭雷卻氣得暴跳如雷，腳下一閃已經欺上，雙拳緊握，掌心向下，突突突三拳瞬間就打了出來，王小軍略略側身單掌擊出，兩個人剛交手三招就各自驚訝不已——

張庭雷在武林中也算是泰斗級人物，這地位可不是熬資歷熬出來的，虎鶴蛇形門乃是一個流派，門裡子弟成百上千，張庭雷是門裡毫無爭議的第一人。這個門派唯一不足之處就是後繼乏人，沒有新生代的高手，但張庭雷本人的功夫已經不遜於任何名門的耆老，他今天來找鐵掌幫的麻煩，其實並沒有把王小軍當一回事，更多的是考慮制服王小軍，以後怎麼對付王靜湖和王東來，可這一交上手就發現這小孩攻守兼備，招式精奇，要是不看臉，張庭雷簡直以為是王靜湖在和他動手，心中的震撼可想而知。

而王小軍這段時間以來，武功經過不斷升級，也和往日有天上地下的區別，他以前不問江湖，這個虎鶴蛇形門和鐵掌幫同處一地他卻從來不知，結果冷不丁發現對方的武功不輸於任何和自己交過手的大咖，他自從出道以來，鬥余巴川、震懾武當派、巧勝唐聽風，雖然磕磕絆絆，但都以勝利告終，唯獨對上張庭雷看不到任何贏的希望……

這一老一少甫一碰面就打得昏天黑地，院子裡拳風掌風嗚嗚呼嘯，看得虎鶴蛇形門的弟子們個個臉色晦暗，師父在他們眼裡就是天人一樣，直以為面對王小軍這樣的對手到了就手到擒來，想不到打到這種慘烈的程度。

殊不知，其實張庭雷的內心裡也是越來越沮喪，自己威名赫赫了一輩子，竟和鐵掌幫裡一個小輩平分秋色，張庭雷越打越覺得虛惘，他這麼一走神，王小軍忽然哧溜一下繞到了他的背後，張庭雷大吃一驚，也就片刻之間，他使出一個野鶴展翅，雙腿向後猛踹，王小軍被踢得一個踉蹌。

王小軍拍拍大腿上的土，嘿嘿一笑道：「老頭啊，你輩分比我高，想不到人老奸鬼老滑，最後還是著了你的道。雖然這招給你占了便宜，可咱倆打了五十多招，就算平手如何？」

虎鶴蛇形門的弟子們紛紛發噓聲：「不要臉，明明是你輸了。」

張庭雷臉色鐵青，厲聲道：「都給我閉嘴，從此以後咱們虎鶴蛇形門和姓王的恩怨兩清，走！」率先走出了大門，大武和眾弟子面面相覷，只得一窩蜂地跟了出去。

張庭雷走後，陳覓覓拉住王小軍道：「你沒事吧？」

王小軍一笑道：「沒事。」

傍晚時分，唐思思炒了幾個小菜，四個人圍坐在院子裡的石桌上，唐思思端著茶道：「以咱們的交情，我就不說謝字了，以後你們想吃什麼菜，只要我會做，絕不偷懶。」

王小軍知道這可不是一句客套話，大小姐答應給人做飯，相當於李白答應隨時幫你寫命題作文一樣。

王小軍道：「思思，你知不知道有一個人為了去救你，連接任掌門這種事都給推了？」

唐思思看著胡泰來驚訝道：「你師父要把掌門的位子傳給你了嗎？」

胡泰來不知該說什麼，只是點了點頭。

唐思思責備道：「糊塗，你怎麼不知道哪個輕哪個重啊？」

胡泰來理所當然道：「當然是你重要。」

唐思思嘻嘻一笑：「說得也是。」隨即正色道，「現在我已經沒事了，你快回去接任掌門吧。」

胡泰來淡然說道：「以我師父的脾氣，這會兒掌門的位子只怕早讓別人當了，我等他氣消了回去認個錯也就是了。」

唐思思勸道：「別啊，這個位子本來就應該是你的，這樣吧，我跟你一起回去，我替你好好求個情。」

王小軍道：「老胡跟他師父情同父子，你要是以兒媳婦的身分回去還差不多，不然你憑啥求情？」

胡泰來尷尬道：「別瞎說，我只求把功夫練好，下次見了師父好讓他高興高興。」

王小軍道：「要我說你乾脆另立一派算了，就叫新黑虎門，讓雷登爾幫你打廣告，反正他確實也跟你學過功夫，咱們現在有錢了，我幫你做個大看板，打下廣告。」

胡泰來被他逗得一笑，接著板起臉道：「胡說八道！」

陳覓覓憂心道：「小軍，真武劍的事你準備怎麼辦，我這次下山可是打著找劍的旗號。」

王小軍聽了道：「我惦記著呢，過幾天我介紹個『朋友』給你認識，他沒準會給咱們一些有用的資訊。」

胡泰來道：「你是說楚中石？」

「沒錯，能在武當山裡把劍偷走，必然是行內高手，我看跟神盜門脫不了干係。」

唐思思忖道：「說不定就是楚中石幹的呢？」

胡泰來搖頭道：「楚中石怕還沒有這個本事，在峨眉山上就能看得出來，他輕功雖然不錯，可還沒到拔尖的地步。」

幾人邊聊邊吃，誰也沒注意張庭雷不聲不響地背著手走了進來，他站院子過道口上，不冷不淡道：「王小軍，你出來，我有話要問你。」

王小軍愕然道：「你這個老頭，白天還沒打夠啊？」

陳覓覓放下筷子，不悅道：「張老前輩，你要想死纏爛打我們也不怕你，況且你不是親口說這事已經過去了嗎？」

王小軍衝眾人擺擺手，走到張庭雷面前道：「還有啥事？」

張庭雷執拗道：「借一步說話。」

王小軍只好把他領到前院，想了想，索性把他帶進正廳的牌桌前，張庭雷也不客氣，自已先大剌剌坐了下來，接著冷不丁道：「白天那一掌，你為什麼沒有打下去？」

王小軍一頓，知道瞞不過他，苦笑道：「老爺子，我這一掌下去，咱們兩派之間的仇就做死了，因為多大點兒事啊？」

張庭雷森然道：「這麼說，我還承蒙你讓了我一招？」

原來白天兩人相鬥之時，王小軍趁他一個沒留神到了他身後，本來是有機會在他背上拍上一掌的，但當著老頭的門人弟子，王小軍終究是沒下得去手，他知道，這一掌無論拍輕拍重，老頭的一世英名就會毀在自己這裡，他和虎鶴蛇形門之間本來只是鬧了些齟齬，張庭雷如果敗在自己手上，那他們之間以後就只能用不死不休來形容了，王小軍雖然是得理不饒人的性子，可也不想決絕到這種地步，索性含糊了過去。

面對張庭雷的質問，王小軍尷尬道：「一時疏忽說明不了什麼，真拼命的話，我還是嫩了點。」

這倒也不是奉承話，王小軍功力和老頭差得太多，王小軍當時用的是余巴川怪掌裡其中的一招滑步掌，這招是這個系列裡少有的全憑實力拿捏分寸調節步伐的絕招，可謂堂堂正正，是余巴川畢生經驗的精髓，如果沒這一招的底子，結果如何就很難說了。

張庭雷厲聲道：「輸就是輸贏就是贏，你作為鐵掌幫的人怎麼也這麼虛偽？」

王小軍小聲道：「其實我跟您說了好幾次了，我已經不是鐵掌幫的人了……」

不料張庭雷口氣一變道：「你這個人情我領了。」

王小軍意外道：「啊？」

張庭雷道：「知道手下留情還在其次，最難的是你肯在得勢的時候示弱於人，這一點別說年輕氣盛的你，就算我也很難做到，就衝這一點，看得出你小子挺會做人。」

張庭雷和王小軍大戰了五十回合，對對方的速度、掌力都有最直觀的瞭解，別人看不出來，他自己大致有個判斷，憑王小軍的反應，雖然只是剎那之間，也足夠他擊出一掌了，老頭平生有仇必報，卻也不欠人情，白天的事在他心裡翻來覆去搞得他寢食難安，終於忍不住晚上來問個明白。

王小軍嘿嘿一笑道：「咱倆地位不同，我敗給您正常，您敗給我，我麻煩就大了。」

張庭雷納悶道：「你這個小子我是越來越看不透了，之前連個歉也不願意道，怎麼比武贏了之後，反而前倨後恭起來了？」

王小軍撓頭道：「我聽說您門人不少，您萬一一個不高興，弄幾百人每天在我門前吐痰丟石頭我可受不了；再說我知道您老當益壯，可警察不知道啊，萬一您往地上一躺，讓徒弟們發微博發群組，警察局長腦袋不也得大嗎？」

張庭雷發懵片刻，拍桌子道：「現在才說實話了是吧？」他痛心疾首道：「原來你這是把我當成不要臉的糟老頭啦！」

王小軍感慨道：「也怪，最近打的那幾個都是這路數，說真的，我還有一大堆事兒要忙，真挺怕有人訛我的……」

張庭雷哭笑不得道：「你要這麼說，你這人情我還不領了，來，咱倆再過上一百招！」

王小軍使勁擺手：「別別別，我贏您一招半式是僥倖，強迫一個人連著中兩次大獎那就是不講理了，我覺得您是那種講理的老頭。」

張庭雷瞪眼道：「你少拿話繞我，你不也說了嗎，我只講打！」

王小軍攤手道：「反正我不跟你打，你要是再胡攪蠻纏我就喊人了！」

張庭雷隨即也有些失笑，忽然問：「饒你一次！但你得跟我說說，你退

出鐵掌幫是怎麼回事？」

王小軍慨然道：「這事說來就話長了，我有故事，你有酒嗎？」

王小軍把青城派如何派人來找他的麻煩卻傷了胡泰來、自己如何帶著胡泰來去峨眉山求助等等的事娓娓道來，張庭雷聽完感慨道：「早知道青城派和你們鐵掌幫素有嫌隙，想不到背地裡搞了這許多的事情。」他的手在桌子上一拍道，「余巴川真是個卑鄙小人。」

王小軍道：「要不是如此，我也不至於再跑去遊說武當和華山掌門。」

「結果如何？」

王小軍嘆道：「我已經把人得罪得差不多了，這事也只能走一步看一步了，余巴川頂替我爺爺成為武協主席只是他的第一招，進不進武協，我們之間這場架都有得打，我接招就是了。」

張庭雷哼了聲道：「六大派雖然是武協常委，可不見得什麼事都是他們說了算的。」

王小軍聽他話裡有話，忙問：「老爺子什麼意思？」

張庭雷道：「我虎鶴蛇形門也是武協的委員，我張某在江湖上行走多年，朋友還是有一些的，真要在武協會上碰上這個余巴川，我腆著老臉挺你，倒要看看六大派會不會不顧民意一意孤行，真要是那樣的話，大家乾脆一拍兩散，咱們退出武協就是了。」

王小軍見他一句話就替鐵掌幫擔了這麼大的干係，不禁感動道：「多謝您了。」

張庭雷繼續道：「我這可全是看在你的緣故，你爺爺那個倔老頭在任上這些年橫行霸道，人緣很是不好，你入了武協之後，就把余巴川的所作所為公之於眾，不要多提你爺爺——」

說到這，張庭雷忽道：「這麼大的事，你總不能真的以閒人的身分去參加吧？」

王小軍隨性道：「順其自然吧。」

張庭雷欲言又止，最後道：「你現在要做的就是把功夫練好，憑你這些日子的事跡，到時候那些老傢伙們自然會有個考量，江湖遲早是你們這些年輕人的，他們也得為自己那些庸庸碌碌的晚輩們留條後路。」

這句話其實是把張庭雷自己的心事說了出來，虎鶴蛇形門勢力不小，但後繼無人，張庭雷見到王小軍後起了愛才之心，剛才幾乎開口邀他加入自己的門派，但一想，王小軍是王東來的孫子，以後遲早會重回鐵掌幫，於是這句邀請的言詞終究沒好意思說出來。

想到這，張庭雷不禁感嘆道，「我要是有你這麼個兒子就好了！罷了，咱倆就做個忘年交，以後你也別喊我前輩，就按哥兒們那麼處吧。」

王小軍欣然答應。他雖然才見張庭雷第二面，但是老頭這直筒子脾氣很對他胃口，所以才不知不覺跟他聊了這麼久。

張庭雷誠心道：「給你幾點建議，你功夫不差，但是比上不足比下有餘，最明顯的兩處弱點，一是內功不行，二是不會輕功。」

王小軍點頭道：「您目光如炬，這兩樣我確實沒練過。」

張庭雷好奇道：「怎麼？你們鐵掌幫傳功不教內功的嗎？」

王小軍赧然道：「壓根也沒人好好教過我，我是照著圖自己練的。」

張庭雷點點頭，起身道：「我走了。」

「這麼突然？」王小軍把他送出門口，張庭雷也不多說，揮揮手逕自走了。

王小軍回到後院的時候，唐思思問他：「老頭跟你說什麼了？」

王小軍道：「別老頭老頭的，以後他就是我哥！」

第二天一早，胡泰來仍舊是第一個起來，他身上有傷不能做劇烈運動，於是就在一塊空地上蹲馬步，陳覓覓隨後也早起練功。

王小軍日上三竿後爬起來，先是坐在臺階上看著陳覓覓嘿嘿傻笑了一會，然後又風風火火地衝去洗臉，片刻之後回來道：「覓覓你來，我把游龍勁教給你。」

陳覓覓道：「怎麼突然想起這個了？」

「閒著也是閒著，物歸原主。」

自從王小軍學會了游龍勁以來，總想著這是武當絕學，而且當世只有自己和苦孩兒會——苦孩兒那套還是錯的，所以他急著要把這手功夫傳給武當的人，這已經成了他的心病，這當口諸事暫歇，他便急著要教陳覓覓。

王小軍和陳覓覓面對面站好，他回憶著當初苦孩兒教他時的情景，伸手在陳覓覓身前指點道：「你氣沉丹田，引導它們從這、這，經過這……」對男女來說，這些部位都頗為尷尬，王小軍只有凌空指點，表情也不大自然起來。

陳覓覓卻是極其認真，王小軍每一指，她就隨即報出相應的穴位來，然後跟王小軍應證，光是這十幾個穴位兩人就校對了一上午，王小軍眉飛色舞

道：「接著就到了最關鍵的時候了，你如此運氣，然後這樣猛地一揮，把所有內力都揮出來。」

陳覓覓屏息凝視，雙手一擺，接著臉色大變急忙收了招式，脫口道：「不行！」

王小軍納悶道：「怎麼了？」

陳覓覓變色道：「這樣一揮，全身內力是散出去了，可是收不回來了呀！」

王小軍撓頭道：「不會，老瘋子就是這樣教我的，而且沒問題呀。」

兩個人又把內力運行的穴位核對了一遍，陳覓覓再試，又是半途而廢，她喘息道：「真不行，經過這麼兩次，我的內力已經有所損失了。」

「啊？」王小軍忙道，「嚴重嗎？」

陳覓覓擺擺手：「不要緊，咱們再來。」她仔細地問詢了一些細節，王小軍不但詳細講解，又把後面的過程也說了一遍。

陳覓覓大氣也不敢出，沉思了很久之後才第三次試練，結果手到半空中她已強行中止，她努力平復心中波瀾，隨即淡然道：「不練了。我現在終於知道我師父為什麼創了這門功夫卻說『不練也罷』了。」

「為什麼？」

陳覓覓道：「因為這門功夫太過冒險，光是第一步就有可能讓人內力全失，你想想看，一個內功高手散盡功力，這無異於自殺，我師父天縱奇才也就罷了，可是常人能練成的卻十中無一，就算十個裡面能有三個能成功，另外七個都成了廢人，武當派可經不起這樣的損失，所以我師父特意囑咐，不讓門人嘗試去練它。」

王小軍道：「不對呀，怎麼老瘋子和我都練成了呢——雖然老瘋子練的不對，但是他也度過了最難的一步。」

陳覓覓道：「可能是因為你們運氣好。」

王小軍無語道：「你師父為什麼會發明出這麼一種功夫？難道是閒得無聊？」

陳覓覓嘆氣道：「只怕你還真說對了，我師父活的時候在江湖中輩分已經無人能及，他空有一身驚世駭俗的武功，可是卻沒有相應的對手，門人弟子不用說了，那些七八十歲的老頭子，一來仍屬他的晚輩，二來這些人不會拿一世英名當兒戲，自然不肯留下敗績，我知道為什麼游龍勁處處針對太極拳了——它的創立是以我師父自己為假想敵的，他老人家後半生沒有對手，

便拿自己當對手。」

王小軍感慨道：「無敵之人多寂寞！嘖嘖……」

陳覓覓道：「游龍勁是他的遊戲之作，沒想著要傳世，而且它不但有巨大的風險，對武當派的人來說，它跟太極拳有理念重複的對方，所以『不練也罷』。」

王小軍道：「那你就不練了？」

陳覓覓一笑道：「不練了，師父的話要聽！」

其實陳覓覓所料不錯，龍游道人所創游龍勁全是一時興起，是基於太極拳的理念又刻意有些地方用了逆向思維，然後發明出的一套同樣以柔克剛的功夫，苦孩兒耳濡目染，只是學成了第一步，限於智力，他沒能繼續深鑽，二來他本身武功就強，大部分時候用不著以游龍勁對敵，所以就這麼半吊子水準教給了王小軍。

而學習游龍勁確實十分危險，稍有不慎就會散盡內力，可以說除了後天的努力，還有一半要看運氣，龍游道人唯恐弟子們因此受損，所以留下遺訓不讓他們接觸，苦孩兒自然不會明白他的意思，他和王小軍這對活寶，教的人神志不清，學的人懵然無知，竟然不知不覺給他們度過最凶險的第一步，好在陳覓覓是不強求的瀟灑性格，知道事情不可為便不為，也算是躲過了一劫。

中午，段青青表情陰晴不定地走進鐵掌幫，這時王小軍正拿了一桶水準備幫陳覓覓洗車，段青青冷不丁衝進來，喝問道：「王小軍，這段時間你死哪去了？」

王小軍嘿嘿一笑：「回高老莊去了唄。」

段青青先是打量了一番王小軍，見他沒缺胳膊沒少腿，隨即張開雙臂，兩個人來了一個男人式的擁抱。

陳覓覓見有個漂亮女生進門後和王小軍抱在一起，不禁有些發懵。王小軍笑嘻嘻地把段青青推開道：「快來拜見你嫂子——覓覓啊，你別吃醋，這是我師妹段青青，你拿她當兄弟處就行。」

段青青不禁一驚，脫口道：「你是……」

陳覓覓大方道：「我是武當派陳覓覓，你別聽你師兄瞎說。」

段青青有些猶疑地點點頭，嚴格說來她也不是江湖人，所以沒聽過陳覓覓的大名，只是見師兄忽然帶回個女生有些詫異，一時間也不知該不該表示

友好。

這時唐思思聽說段青青來了也跑了出來，她拉住段青青的手，一言不發先是眼睛一紅，段青青著慌道：「別哭呀，誰欺負你了？我找他打架去！」

唐思思本來想哭，這時又被她逗得一笑道：「你怎麼還是那個性子？」便把這些日子以來發生的事嘰嘰喳喳地跟段青青說了一遍，過程中時哭時笑。

段青青聽完，換了種眼神看陳覓覓，訥訥道：「原來真的是嫂子啊。」她聽說陳覓覓和王小軍有婚約，又聽了她許多事，不由得對小聖女刮目相看。

中午唐思思擺上了一桌的菜，幾個年輕人齊聚一堂，聊的最多的當然還是王小軍他們這段時間的經歷。

段青青感慨道：「可惜我沒能跟你們一起走。」

王小軍吐嘈道：「你跟我們一起走？你那個脾氣還不得把所過之處都拆了啊？」

段青青哈哈一笑，當她揚起臉的時候忽然發現了一個人，笑容頓時凝固在臉上。

這世上能讓她有這樣變化的人不多，段青青立刻站起身來，恭敬道：

「師叔，您回來了。」

王靜湖提著一個皮包，靜靜地站在門口。

王小軍開始還以為她是開玩笑，但他很快從桌上人們的表情判斷出這是真的，扭頭就看見了王靜湖，有些失措道：「爸？」

王靜湖似乎也不知道該說什麼，看了這群年輕人一眼，隨即道：「都坐下，繼續吃吧。」

王小軍搬了把椅子道：「你也跟我們一起吃吧。」

王靜湖沒有多說，坐下來，拿起筷子，簡單地重複了句：「吃飯。」

胡泰來、唐思思、陳覓覓之間交遞著眼神，他們跟王小軍相處這段時間以來，還從沒見過他的家人，這時王靜湖忽然冒出來，大家都在等著這對父子說點什麼。

王靜湖又吃了一會兒才發現大家都在默默地看著他，他努力做了一個和顏悅色的表情道：「你們聊你們的。」

段青青小心翼翼道：「師叔，我師父呢？」

王靜湖道：「他沒回來。」這基本上是句廢話，可段青青又不敢再問，終於她受不了了，起身道：「師叔……我先告辭了，改天再來拜訪您。」

王靜湖點點頭：「好。」

段青青跑了，可剩下的人沒地方可去，這裡面最緊張的要屬陳覓覓了，她身分特殊，一個女孩家跑到跟自己有婚約的男方家裡，就算她性子再大方也覺得有必要解釋清楚，可是又不知該怎麼說，於是訥訥道：

「王叔叔，我是陳覓覓，那個……」

王靜湖道：「我知道你，鐵掌幫歡迎你。」

「呃……」

這個「鐵掌幫歡迎你」實在不好揣測內中含義，是普通的歡迎你來做客，還是以未來公公的身分歡迎兒媳婦？不管是哪種意思都讓陳覓覓感到有些尷尬。

王靜湖其實心裡是震動不已，他在武當山下跟陳覓覓交過手，深知這小姑娘身懷絕技，所以聽到陳覓覓報名，才知道自己打了武當派的小聖女，更沒想到她就是未來的兒媳婦。

這段日子他反噬之力越來越強，已經到了無心旁顧的地步，王小軍離開武當山後的經歷他瞭解不多，但是隨著這股反噬之力的加強，他要廢掉王小軍武功的決心也隨之更加堅定，他想要快速有效地辦成這件事，目前最好的辦法就是以父親的身分回到他身邊！

第八章

到底在哪裡？

「我沒時間跟你細說，鐵掌幫的未來就全靠你了，下面我說的話每一個字你都要牢記在心，第一，不要和你爸單獨相處，第二，鐵掌幫的秘笈在倉庫裡的……裡。」

「在哪兒？」電話裡忽然充斥著一陣雜音，接著就斷掉了。

吃過飯後，唐思思開始默默地收拾自己的屋子，人家正主回來了，她再沒心沒肺也不好意思鳩占鵲巢了，她一邊收拾一邊道：「王叔叔，您稍等我一會兒，屋子馬上給您騰出來。」

王靜湖一愣，隨即道：「不必了，我去外院住就好。」

王小軍吃了一驚道：「這……不合適吧？」

王靜湖淡淡道：「沒什麼不合適的，就這樣吧。」

「我去幫您打掃！」唐思思飛奔而去，樂得省事。陳覓覓聞言，也跟著唐思思去外院幫著收拾了。

胡泰來走過來恭敬地衝王靜湖鞠了一躬道：「前輩，我是您兒子的朋友，我叫胡泰來，是黑虎門的。」

王靜湖照例點點頭：「我知道你們黑虎門……你師父身體還好吧？」

胡泰來受寵若驚道：「他很好，勞您記掛。」

王靜湖道：「我跟祁老爺子幾年前見過一面。」

胡泰來拘謹道：「是。」

王小軍湊上去道：「爸，有些問題我要問你，還有些事我得跟你說。」

王靜湖道：「咱們父子是得找個時間好好聊聊——」他看看錶道：「下

午你別出去，我會來找你的。」

王小軍納悶道：「你要去哪兒？」

「買點東西。」

王靜湖進了外院東廂房，兩個女孩正在幫他收拾，王靜湖朝她們點點頭，然後打開皮包拿出毛巾，洗了把臉，隨即出門去了。

王靜湖吩咐王小軍不要出門，王小軍就忐忑地等著他回來，大夥幸災樂禍地等著看好戲，在臺階上坐成一排，表情各異，活像一群在等成績公佈的小學生。

這時門一開，王靜湖回來了，手裡提著兩個長條形的包，向王小軍招手道：「走，跟我釣魚去。」

王小軍差點一個跟頭栽下去：「釣魚？你什麼時候添愛好了？」王靜湖以前不但不釣魚，甚至不愛吃魚。

王靜湖笑笑道：「陪我出去散散心，走吧。」

王小軍無奈，和王靜湖出了門。

父子兩人人手一個長條包，王小軍問：「去哪兒釣？」

「公園。」王靜湖道。

出了街，兩人擠上一輛公車，很快就到了公園釣魚的地方。

這地方本來就人少，今天又不是節假日，所以父子二人得以很清靜地釣魚，坐了大概有二十分鐘左右，王靜湖似乎仍然不知道該怎麼打開話頭，王小軍卻早就坐不住了，冷不丁道：「爸，有件事我得跟你報告一下。」

「哦，你說。」王靜湖道。

王小軍支支吾吾道：「因為一些特殊原因，我已經宣布退出鐵掌幫了，所以我現在嚴格說來不是鐵掌幫的人了。」

王靜湖看了王小軍一眼，然後「嗯」了一聲。這事當初王小軍大戰余巴川的時候他就知道了，所以沒有特別的表示。

王小軍本以為父親會暴跳如雷，結果對方十分平靜，王小軍陪小心地道：「你不會生我氣吧？」

王靜湖道：「不會。」

「你也不打算問為什麼？」王小軍奇道。

王靜湖道：「你長大了，一些事情你可以有你自己的選擇。」

王靜湖慢慢地把魚竿放下，緩緩道：「我接下來要做的事，你可能短時間內不會理解，但是你說得對，我們是父子，你只要瞭解一點就行了，我不會害你，我……」

就在這時，王小軍的電話響了，他示意父親暫停演說，接起電話道：

「喂，哪位？」那個號碼是陌生號。

電話那邊，一個蒼老深沉的聲音道：「你爸在你身邊嗎？」

王小軍幾乎要跳起來——打電話的是他爺爺王東來！

「如果在，別聲張，就假裝我是別的人。」王東來趕緊補充了句。

王小軍疑惑地看看王靜湖，當下變聲道：「原來是你啊，咱們畢業之後好幾年沒見了。」

王靜湖靜靜地拿起魚竿，等他講完。

「我沒時間跟你細說，鐵掌幫的未來就全靠你了，下面我說的話，每一個字你都要牢記在心，第一，不要和你爸單獨相處，第二，鐵掌幫的秘笈在倉庫裡的……裡。」

「在哪兒？」王小軍下意識地喊了句，電話裡忽然充斥著一陣雜音，接著就斷掉了。

電話斷掉時，也正是王小軍跳腳的時候，他站在臺階上，用警惕的眼神打量了一眼王靜湖，王靜湖隨口問道：「怎麼了？」

王小軍想到爺爺的話，腳下不自覺地開溜。從小到大，他跟爺爺就比跟父親親近，他相信爺爺一定不會害自己，他身子挪到出口處，對王靜湖道：

「爸，你先慢慢釣著，我有急事要出去一趟。」

「這麼急？」

王靜湖確實已準備動手，但這突如其來的電話打亂了他的計畫，他原本要趁王小軍毫無防備的時候下手，現在顯然錯過了機會。

「是，急事……」王小軍幾乎是逃跑一樣溜了出去，隨即拔腿就跑。

鐵掌幫的秘笈就在倉庫裡的……裡！到底是什麼裡？這不是要命嘛?!

王小軍出了公園直接搭車回家，一路上他重撥了無數遍剛才那個號碼，對方卻無法接通了。

他一回家就衝進裡院的倉庫隨手翻撿著，一邊喃喃自語：「在……裡，在……裡，能在什麼裡呢？」

陳覓覓依稀聽到有人進了院子，站在倉庫門口看見形似癲狂的王小軍，不禁吃了一驚道：「你怎麼回來了，王叔叔呢？」

王小軍顧不上多說，招手道：「幫我找東西。」

「找什麼？」

「可能是幾頁紙，要麼就是卷軸之類的。」

陳覓覓納悶道：「你到底發什麼瘋？」

王小軍索性跑到當院大聲道：「思思，老胡，你們出來！」

唐思思和胡泰來聞訊，各自出屋道：「怎麼了？什麼事啊？」

王小軍示意大夥湊過來圍成一圈，然後把腦袋探進圈裡小聲道：「我有個秘密只能跟你們三個說，我爺爺出現了！」

另外三人驚訝道：「在哪兒？」

「只是來了一個電話，他讓我離我爸遠點，最主要的，他說我們鐵掌幫的秘笈就藏在倉庫裡！」

「啊？」眾人又吃了一驚。

陳覓覓馬上道：「可你爺爺為什麼說這樣的話？」

王小軍道：「覓覓，有件事我一直沒來得及跟你說，我們鐵掌幫的武功裡有致命的缺陷，功夫練到一定程度會有反噬，據我大師兄說，我爺爺和我爸都已經不同程度受到了侵害！」

陳覓覓倒吸一口冷氣道：「你爺爺一直不出現，就是因為這個？」

王小軍點點頭：「剛才我本來想問我爸這些事的，但他什麼也沒吐露，還說了一大堆莫名其妙的話，接著我爺爺的電話就來了，說不到兩句就徹底失聯。」

陳覓覓攤手道：「你們家到底怎麼回事啊？」

王小軍道：「從小我爸就反對我學武，也從來不跟我講武林的事，一個月以前，我不但不相信還有武林存在，甚至不知道六大派和武協。現在你明白了吧，因為鐵掌幫武功裡的缺陷，我爸希望我當個普通人。」

唐思思忽然道：「不對啊，你爸又不是武當山上那些連電話也不用的老道，你這段時間出盡了風頭，他恐怕是知道了。」

王小軍道：「很有可能，所以他才會說那些莫名其妙的話。」

陳覓覓道：「這麼說來，你爺爺也知道了你的事，你爸想讓你當普通人，你爺爺卻在你身上看到了重振鐵掌幫的希望，於是要瞞著你爸把秘笈交付給你……他們倆這是鬧矛盾了啊。」

胡泰來聽了總結道：「所以就算你得到了秘笈也絕不能讓你爸知道。」

王小軍一拍大腿道：「沒錯！」

陳覓覓臉色凝重地說：「小軍，既然鐵掌幫的武功有這麼大的缺陷，你還要練嗎？」

王小軍道：「當然要練，我是鐵掌幫唯一的希望了。」

陳覓覓遲疑道：「可是以王老前輩的天分都沒能克服得了的問題，你能解決嗎？」

王小軍微微搖頭，斷然道：「那我能怎麼辦？余巴川虎視眈眈，不管他能不能成為武協主席，下一步就是要全力對付我們鐵掌幫，我總不能坐以待斃吧？」

「其實……你早就不是鐵掌幫的人了。」這時胡泰來弱弱地道。

王小軍忽然一拍手道：「我爺爺說了，鐵掌幫的未來全靠我，他畢竟還是鐵掌幫的幫主，從這個角度上說，我就當他讓我重回鐵掌幫了。」

陳覓覓憂心道：「可是……」

王小軍道：「別擔心了，你們到底幫不幫我，你們不幫我我就自己找！」

胡泰來猶疑道：「你都這麼說了，我們當然幫你，只是……」

王小軍一本正經道：「沒有什麼只是，馬雲在我這個年紀的時候也不知道自己會創造出商業奇蹟，『企鵝』的老總年輕的時候也沒想過自己以後有那麼多身家，人要是沒有理想，跟鹹魚有什麼分別?!不管怎麼樣，你們只要肯幫我就好了。」

陳覓覓自始至終都緊皺雙眉，王小軍忽然拉住她的手道：「覓覓，生死有命，嫁雞隨雞，多年後當別的女孩都躲在寶馬裡哭的時候，你不想是替她們擦車的那個吧？」

陳覓覓哭笑不得道：「這是什麼跟什麼啊。」末了她一跺腳道：「罷了，隨你！」

王小軍一笑道：「這就對了，別的不說，你們難道不想見識見識傳說中的鐵掌幫秘笈？」

幾個人說幹就幹，具體任務就是陳覓覓和唐思思一起和王小軍找秘笈，而胡泰來去巷子口把風，一看見王靜湖就打電話通知大家。

這個利用廂房改造的倉庫說大不大，但是東西雜亂，內容包括：作為一個武林幫派保存的刀槍棍棒；作為住家留下來的鍋碗瓢盆；王小軍小時候的玩具；一些看似重要但完全不知道還有什麼用的單據；以及大量實在無法歸類的零碎物品。

唐思思隨手胡亂翻著，王小軍立刻喝止她：「別沒頭沒腦地瞎找，從門檻開始，一針一線都不要放過，檢查過的東西做個記號，以免做無用功。」

唐思思吐嘈道：「你還滿有做特務的潛力的。」但還是按王小軍說的做了。

王小軍又補充道：「翻過什麼東西，大體位置要記住，工作收尾以後還得擺回原樣，別讓我爸發現蛛絲馬跡。」

陳覓覓道：「這麼說來，你爸竟然不知道秘笈就在家裡？」

王小軍撓頭道：「這個我也沒想到，看來是我爺爺留了一手。」

三個人分三個方向慢慢地開始搜查，真的做到了不放過一針一線。

王小軍自言自語道：「在什麼什麼裡，聽意思大概是個盆盆罐罐之類的地方。」

一間倉庫很快被翻過一遍，結果是什麼都沒發現。

陳覓覓開啟思維道：「在什麼裡未必就像你說的在容器裡，也許是什麼東西下面的什麼裡。」

唐思思不甘示弱道：「也可能是被密封在什麼地方，比如牆壁裡，隔層裡。」

王小軍聽了，立馬抄起把生銹的寶劍開始敲擊牆壁……

又經過半個小時的折騰，陳覓覓真的從一個破櫃子的後面找到幾張小紙片，看了一眼後不禁道：「呀——」

王小軍和唐思思頓時神經繃緊，一起跳過來道：「找到啦？」陳覓覓指著那幾張紙片呵呵笑道：「你小時候長這樣啊！」原來只是幾張王小軍小時候的照片。

幾個人找了半天也沒任何結果，王小軍洩氣道：「看來一時半會兒是找不到了。」

唐思思研判道：「秘笈這種東西當然要放得隱秘一點，要不然早被楚中石這樣的飛賊給偷走了。」

王小軍想想也是，楚中石當初翻撿鐵掌幫未必比自己費的工夫少，他不禁一驚一乍道：「難道是已經被楚中石給拿走了？這小子最近怎麼不見了？」

這時胡泰來把電話打到了唐思思手機上，唐思思來不及接，便十萬火急道：「快快快，你爸回來了。」

三個人急忙把翻得亂七八糟的東西重新擺放回原位，然後假裝無所事事地在院子裡閒逛。

可是胡泰來的電話響個不停，唐思思只好接起來道：「知道了，我們這已經收了。」

胡泰來不好意思地說：「不是……我就是想問問你們找到了嗎？」

唐思思氣不打一處來道：「你嚇了我們一跳！什麼也沒找到，小軍準備找個時間拆房頂了。」

胡泰來道：「要不然我進去試試？」

唐思思不悅道：「你這是不相信我們啊。」

胡泰來憨厚道：「不是，我以前常幫師父打掃，找東西很有經驗，說不定能幫得上忙。」

唐思思哼了聲道：「那現在換你去，你要是找不到小心點！」

不多時胡泰來走了進來，站在倉庫門口往裡打量著，王小軍道：「裡面的大件小件我們都檢查過了，我懷疑東西在頂棚裡……」

胡泰來擺手示意王小軍不要干擾自己的思路，緩緩走進去，雙手撐地往桌子櫃子下面掃視著。

王小軍苦笑道：「別白費工夫了，下面我們已經找過……」話音未落，胡泰來探手從櫃子下面抓出一疊巴掌大小的方片來。

王小軍不以為意地道：「那是墊櫃子的瓦片，不用看了。」

胡泰來吹了口氣，微微一笑道：「這些可不是瓦片。」

那些方片日久年深，上面積滿了塵土，被胡泰來一吹之後，立時呈現出

塑膠的質地來，很顯然不是磚瓦。王小軍意外道：「這是什麼東西？」

胡泰來道：「這是以前電腦用的磁碟片，以你們的年紀確實是沒見過，更別說用了。」

王小軍接過來數了數，共有十張，沒有任何標籤和提示，他問胡泰來：「這東西往哪兒放？」

胡泰來道：「得找那種老式電腦，帶磁碟機的，然後像插光碟一樣插進去，不過近十幾年內出產的電腦恐怕都沒有這設備了。」

王小軍猶疑道：「如果是你，會把秘笈錄在這種地方嗎？」

陳覓覓道：「說不定哦，難道非得寫在破舊的羊皮上才叫秘笈？與時俱進嘛。」

王小軍想了想道：「那也只能試試了。」

王小軍找了個塑膠袋把這些磁碟片一裝道：「走，去電腦城——老胡，你和思思看家，別引起我爸的懷疑。」

王小軍和陳覓覓兩人出了家門，朝本市最大的電腦城開去。

電腦城在一座兩層的樓裡，電子用品應有盡有琳琅滿目，不管你想要最新出的電腦，還是想買電腦的相關配件，這裡絕不會讓你失望。

但是對於磁碟片來說，電腦城也顯得有些無能為力，這東西應用於上世紀九〇年代，而且壽命很短，一經淘汰之後就馬上銷聲匿跡，兩人挨家挨戶地問，現在電腦城裡賣的電腦大多是那些設計感很強的新興產品，有人要找這種舊式的老古董，在他們看來就跟砸場子沒什麼區別。

在走了十幾家店以後，王小軍有些洩氣道：「我看還是算了吧，我怎麼也無法想像我爺爺用電腦的樣子。」

陳覓覓打氣道：「不能這麼說，反正我們也沒別的頭緒，萬一呢？」

說話間，兩人又進了一家店，王小軍不抱任何希望地隨口問道：「你這有帶磁碟機的電腦嗎？」

老闆先是一愣，接著說道：「你等會兒，我去倉庫裡找找啊。」

老闆進裡屋折騰了老半天，搬出一台主機來，它方方正正，呈現出一種傻大憨粗的蠢像，接著他又搬出一個老式的顯示器來，開了機後，一陣作響，螢幕顯示是W98的作業系統。

老闆眼睛幾乎都濕潤了，彷彿依稀看到了自己的青春，伸手道：「把你的磁碟片給我。」

王小軍抽出一張遞過去，老闆把它插在一個細長的條口裡，點擊滑鼠，螢幕上顯示出一張老者打坐的圖片，下面有文字解釋：鐵掌幫內功修煉心法。

王小軍呆若木雞，這居然真的是鐵掌幫的秘笈！

還是陳覓覓手疾眼快，她把磁碟片退出來道：「這電腦我們要了，你說多少錢吧？」

老闆嘿然道：「你們真要啊？這東西我真不好開價，雖然現在它不值錢，可再過十年二十年絕對算得上古董了。」

陳覓覓乾脆道：「三千塊賣不賣？」

老闆滿臉大喜過望又強忍著不表露出來的表情道：「行吧，看在你們很有誠意的份上，我就不還價了。」

接著老闆變戲法一樣變出幾張封面很香豔的光碟來，塞在王小軍手中神神秘秘道：「這可是我個人珍藏，額外送你的。」

回到家，四個年輕人迫不及待地進了王小軍的房間，把電腦裝上，王小軍不由分說就把磁碟片插了進去。

胡泰來咳嗽一聲道：「思思、覓覓，咱們不方便留在這裡，這就走吧。」

王小軍一擺手道：「沒關係，我請你們看的，你們要是真過意不去，大不了一人交三十塊票錢。」

唐思思道：「太貴了吧，三十塊，都能在電影院看部好萊塢大片了。」

王小軍哼了聲道：「好萊塢大片能讓你在七十歲那年走火入魔嗎？」

陳覓覓擋在螢幕前，認真地對王小軍道：「小軍你要想好了，憑你現在的武功在江湖上也算一流高手，可是你要繼續練下去，克服不了秘笈裡的缺陷的話，你將遺禍終生，而且一旦練了之後就無法停止。」

王小軍不在意地道：「別操那麼多心了，七十歲就算不走火入魔，也會有高血壓糖尿病啊各種病找上你，再說，萬一我活不到七十歲呢？」

陳覓覓啐了一口道：「總之你想好就行了。」說著讓開了幾步。

王小軍點擊著滑鼠，目光灼灼道：「鐵掌幫秘笈大揭秘，走過路過不要錯過。」

他打開檔案，顯示著一個老者盤腿坐在那裡的照片，王小軍驚訝道：

「這是我爺爺年輕的時候！」

下午他也沒顧上仔細看，這時才發現照片裡的老者就是王東來，只見他濃黑的眉毛裡夾雜著星星點點的白色，頷下微鬚，看照片上的樣子大概有五

十來歲，這顯然是王東來早年拍攝的照片。

王小軍點擊下一頁，馬上換成了一幅內力在人體裡各個穴位遊走的示意圖，那些人體內臟都畫得有模有樣，穴位之間標注著箭頭一目瞭然，這種東西王東來自然不可能讓別人操刀，由此可見老頭還挺多才多藝的。

王小軍道：「這才是真正的秘笈。」

胡泰來站起身道：「這次咱們真的該走了。」他留下主要是好奇，現在出現了真材實料，他立刻想到了避嫌。

王小軍嘆道：「哎，該走的都走吧，這要是好東西，我就給你們每人拷貝一份了，我可不能讓鐵掌幫把你們都害了。」

陳覓覓走在最後一個，忽然轉身道：「小軍，你要是想現在放手，我可以教給你武當派的內功心法，到時候配合你的鐵掌，內外兼修也是一樣的。」

王小軍擺擺手道：「我先不練，就是看看。」

「那我幫你望風。」陳覓覓也走了出去。

王小軍嘴上說不練，畢竟心癢難搔，他此刻已頗有內功根底，這段時間以來也認識了不少穴位，而且那圖簡明扼要，根本不用知道那些穴道的名稱，只需讓內力跟著箭頭遊走即可，他來回切換著爺爺的照片和那幅示意圖，依樣學樣盤坐下來，讓體力內力隨著圖二運轉，冷不丁，王小軍就覺一陣很舒服的暈眩襲來，整個人都像要飄起來似的。

隨著內力的遊走，這種感覺也越來越強烈，全世界也變得越來越清晰，在一片萬籟俱靜中，他能聽到身周事物很獨特的聲音，外院的蟋蟀聲、牌桌上的麻將聲、灌木叢裡植物輕輕搖擺的聲音，甚至聽到了門口陳覓覓的呼吸聲……

就在這時，胡泰來猛地咳嗽了一聲，接著就聽陳覓覓大聲道：「王叔叔您回來了？」

王小軍猛然驚醒，王靜湖的腳步聲快速逼近。

「王叔叔，你……」陳覓覓還想拖延片刻，但王靜湖巧妙地繞開了她，房門被一下推開，王靜湖探視著屋裡，見王小軍正手忙腳亂地收拾著什麼，王靜湖臉一沉道：「你在幹什麼呢？」

「沒幹什麼……」王小軍故意把一張封面香豔的光碟掖在邊上的一堆書裡。

見兒子這樣的舉動，王靜湖似乎比王小軍還要窘迫，他背著手在屋裡繞了一圈，沒話找話道：「怎麼買了台這麼舊的電腦？」

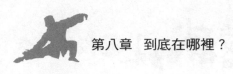

王小軍嘿嘿一笑道：「沒事看個片而已，用不著太好的。」

「嗯……」王靜湖走出去了。

就在這時，從門口衝進來三個年輕女孩，其中兩個猛然拉住猝不及防的胡泰來又蹦又跳，嗔怪道：「師父，你回來怎麼也不告訴我們啊？」

頭前兩個正是霹靂姐和藍毛，陳靜一如既往地沉靜，也笑盈盈地看著。

坐在臺階上的唐思思喝道：「輕點，你們的師父受過傷。」

霹靂姐和藍毛急忙放手，一驚一乍道：「怎麼了？」

胡泰來只是微笑著擺擺手示意不要緊，霹靂姐手裡提著一袋霜淇淋，從裡面摸出一個塞進胡泰來手裡道：「這是我們孝敬師父的。」胡泰來哭笑不得，只得拿著。

霹靂姐繼續給別人發霜淇淋，給了唐思思之後，見院裡還站著一個大叔，隨手遞過去一個，王靜湖尷尬道：「我不要。」

「吃嘛。」霹靂姐不由分說地強塞了一個給他，冷不丁瞧見了陳覓覓，頓時叫道：「師父，你在外面是不是又給我們收師妹了？」

陳覓覓一笑道：「我叫陳覓覓，是武當派的。」

霹靂姐照舊一個霜淇淋塞過去：「我請客。」

陳覓覓隨手接住：「謝謝。」

胡泰來忙道：「不許沒大沒小，真要按輩分，你們比她差了兩輩也不止。」接著一指王靜湖：「這位是你們師叔的父親，論起來你們也是要喊師叔祖的。」

「啊？」霹靂姐又嚇了一跳，王靜湖形象邋遢，霹靂姐剛見他時，以為他是來打掃衛生的，王小軍領著她們大鬧虎鶴蛇形門，在她們心裡的形象偉岸，誰知道有個這樣的爸……

王小軍從屋裡走出，笑道：「我聽說有土豪請客？」

「師叔——」女孩們頓時圍了上去，親切地叫起來。

陳覓覓語氣微酸地道：「你人氣很高呀。」

王小軍馬上正色道：「快來見過你們的師叔母，覓覓，你別多心啊，這都是老胡做得孽……」

藍毛詫異道：「你們兩個……是什麼關係？」

王小軍道：「切，都讓你們叫師叔母了還能是什麼關係，這是我未來的另一半。」

「哇——」女孩們的八卦之心又開始氾濫了。

陳覓覓臉色一沉道：「王小軍，你不要胡說行不行？」

王小軍見陳覓覓不高興了，急忙改口道：「現在還不是，不過你們要像尊敬我一樣尊敬她。」

霹靂姐嘻嘻哈哈道：「可是我們並不尊敬你呀。」

胡泰來看鬧得差不多了，沉聲道：「既然來了，那就開始練功吧。」

說到練功卻是誰也不敢怠慢，三個女孩一字排開站在胡泰來面前，表情惴惴，胡泰來背著手道：「來，每人給我把總綱裡的第一套拳打一遍。」

霹靂姐拉個起手式，呼呼地打了起來，一遍打完，胡泰來不置可否道：「下一個。」

藍毛和陳靜分別演練，三個人打的都是一樣的拳，招式全無分別，王靜湖吃完了霜淇淋，把紙隨手扔在旁邊的簸箕裡，一聲不響地走了。

陳覓覓低笑道：「這三個妹子拳法就算不錯，不過還是入不了王叔叔的法眼。」

王小軍問：「你覺得這三個裡誰最厲害？」

陳覓覓點評道：「第一個和第三個不相上下，不過第二個既然是和她們一起入的門，恐怕是要挨罵了。」

果然，胡泰來大步走到藍毛跟前，沉著臉道：「你這段時間是不是沒有好好練功？」

藍毛囁嚅道：「師父，我……」

胡泰來厲聲道：「再這樣下去，你就不要跟我學了！」

藍毛頃刻汗流浹背道：「師父我知道錯了。」

唐思思湊到王陳二人身邊小聲道：「老胡發脾氣還挺可怕的呢。」

王小軍故意挑事：「那你勸勸他唄。」

唐思思隨即道：「老胡，你別太嚴厲了，咱們離開也就個把月，她都已經會打整套的拳了，可見平時還是練過的。」

胡泰來神色變了變，接著對藍毛道：「你要再不下苦功，別人就會說你的功夫都是跟師娘學的，你以為那是丟你的人嗎？錯，那是丟我的人！」

唐思思不悅道：「去，怎麼連我也捎帶罵上了？」唐思思自覺顏面無光，哼了一聲賭氣回自己屋去了。

胡泰來對陳靜溫言勉力了幾句，他知道憑陳靜的天賦能練到今天這個程度，背後一定付出了比別人多幾倍的汗水，表情著實欣慰。

練完了拳，胡泰來又開始帶著徒弟們蹲馬步，只是他的眼神不住地往唐

思思門口瞭望，顯得有些心不在焉。

王小軍嗤笑道：「不找死就不會死，老胡現在一定腸子也悔青了。」

陳覓覓瞪他一眼道：「還不都是你挑的？」

王小軍道：「你懂什麼，老胡要是說什麼思思都不在乎，那才是徹底沒戲了。」

這時胡泰來那邊告一段落，中途休息，王小軍朝陳靜招招手。

「師叔。」陳靜走了過來。

王小軍故作嚴肅道：「小靜啊，你師父現在有難，你願不願意幫他個忙？」

陳靜道：「只要我能幫得上。」

「你肯定能幫得上，你爸是思思師父，你的面子她肯定要給，你只要能讓她和你師父和好如初，那就算你有孝心。」

陳靜遲疑片刻，忽道：「我師父和思思姐……」

王小軍忙道：「我可什麼都沒說。」

陳靜嫣然一笑道：「我明白了。」

陳靜敲了敲唐思思的門，唐思思在裡面賭氣道：「誰？」

「思思姐，我是陳靜。」

果然，唐思思開門把她讓了進去，兩個人也不知聊些什麼，不一會就傳出了笑聲，胡泰來眼巴巴地看著門口，竟然有些羨慕。

不多時唐思思出了門，狠狠瞪了胡泰來一眼，去廚房張羅晚飯去了。

胡泰來看著陳靜欲言又止，陳靜道：「師父，思思姐的氣已經消了，一會兒就看你的表現了。」

「呃？」胡泰來紅頭脹臉地不知道說什麼好，陳靜只是一笑，又去練功了。

·第九章·

投桃報李

陳覓覓道：「所以他把門派的內功心法送給了你——那也不對呀，他明知你是鐵掌幫的人，這做法豈不是太冒失了？」

王小軍道：「因為我跟他說過我沒正經練過內功，看來老頭上了心，我沒讓他晚節不保，他這是投桃報李。」

開飯後，王小軍去請了王靜湖來，唐思思在當院擺了一大桌子，大家等她做完這才一起拿起筷子，唐思思招呼陳靜道：「你每樣都嘗嘗，回去以後照實跟你爸彙報。」

霹靂姐道：「照實彙報啥呀，思思姐做的飯一定是好吃的。」

唐思思道：「不行，要實話實說，不然我怎麼進步呢？」

陳覓覓嘿嘿一笑道：「推己及人，自己學功夫就知道不能摻水了。」

唐思思臉一紅，胡泰來見眾人都開始動筷，就近夾了一筷子尖椒小炒肉塞進嘴裡，誇張道：「嗯，好吃。」說著又去夾第二下，唐思思推了他一把道：「受傷的人少吃辣！」

大家相視而笑。

霹靂姐咋呼道：「師父，你說到底是誰傷的你？」

王靜湖本來一直默然吃飯，這時掃了她一眼道：「怎麼，你還想給你師父報仇？」話是沒毛病，可淡淡的口氣裡透著一股嘲諷。

霹靂姐立刻道：「當然，我們黑虎門也不是好欺負的。」她回味著王靜湖的口氣，不悅道：「大叔，你功夫是不是也不錯呀？」

胡泰來道：「不得無禮！」

見師父阻止，霹靂姐只好撇撇嘴忍氣吞聲。不過她很快就忘了這事，幾個小女生又開始有說有笑起來。霹靂姐和藍毛嘰嘰咯咯地說，陳靜就在一邊補充，這飯吃得倒是很不寂寞。

王小軍道：「霹靂，這段時間你收沒收到過男同學的情書？」

霹靂姐不屑道：「我現在哪有時間談戀愛呀，你沒看嗎，我要是不好好練功，我師父是要發毛的！」

眾人無不噴飯，連王靜湖也不禁失笑。

藍毛道：「她現在長本事了，以前找對象主要看帥不帥，現在還得能打，可學校裡那幫娘炮誰能打得過她啊？」

霹靂姐忙道：「師父，你可別聽她的，自從跟你學功夫以來，我還沒跟人動過手呢，咱不能倚強凌弱不是？」

不等胡泰來說話，王靜湖呵呵一笑。

這次霹靂姐是真不高興了，擰眉道：「大叔，你對我到底有啥意見？」

王小軍也好笑道：「爸，你今天挺活潑的呀。」

王靜湖淡淡道：「江湖本來就是倚強凌弱的地方，不然你們學武為了什麼，難道真的是為了養生嗎？」

王小軍詫異道：「你以前可不是這麼教我的。」

王靜湖道：「那是因為以前你不是江湖人，現在你的功夫有模有樣了，自然能碾壓不如你的人，可你想過沒有，如果遇上比你強的呢？所以江湖就是個大糞坑，既然跳進來，那就要以超一流的實力凌駕於別人之上，如果達不到，那就索性別來。」

王小軍嘴一歪道：「你看咱們這吃著飯呢，怎麼聊到糞坑上去了？」

陳覓覓知道這種簡單粗暴的理論最是無法反駁，只有默然。

胡泰來則道：「前輩，我不同意您的態度，江湖雖然有弱肉強食的現象存在，可最後都躲不過一個理字，如果真是誰的武功強，誰就稱王稱霸，現在的江湖豈不是早就成了不法之徒們的樂園？」

王靜湖反駁道：「你以為現在不是嗎？」

胡泰來針鋒相對道：「至少我們不是。」

唐思思一拍桌子道：「都吃飯！誰再胡說八道，看我以後給不給他做飯吃！」

唐思思一發威，胡泰來自然不會再多嘴，王靜湖也覺得沒必要跟一個會做飯的小妞較真，於是嘿然無語。

晚飯後，王小軍和陳覓覓在臺階上小坐，王小軍道：「吃飯時聽我爸話裡的意思，他確實已經知道我現在的功夫底細了，也不知是無意的還是故意說給我聽的。」

陳覓覓道：「我覺得是故意的，王叔叔深知江湖險惡，不想讓你蹚這趟渾水，而且是專門說給你一個人聽的，以他的身分，怎麼會跟霹靂姐鬥嘴？」

王小軍點點頭：「因為知道這行艱難所以不願意讓後代繼承，這我理解，可是我始終想不通我爺爺為什麼不讓我和我爸獨處，老子能對兒子做什麼呢？」

不知為什麼，王小軍每次想起這句話就會生出一股寒意。

陳覓覓忽然問道：「小軍，你想過沒有，你現在所作所為都是為了余巴川，我相信你總有一天會打敗他的，然後呢？你做了這麼多的犧牲，冒了這麼大的風險，難道只是為了打敗他？」

王小軍愣了一會道：「你問住我了，那你呢，作為武當派的小聖女，你學功夫又是為了什麼？」

陳覓覓笑道：「我學功夫純屬意外，如果沒有我師父，我可能過另外一種生活，念書、工作、結婚，雖然聽上去不如現在刺激，可也未必不好。」

就在這時，王靜湖的聲音冒了出來：「小軍，有時間嗎？咱倆聊聊。」

他站在夜色裡，王小軍看不到他的表情，陳覓覓只覺神經一緊，下意識地拉住了王小軍的手。

王小軍把陳覓覓的手握在手心，笑嘻嘻道：「爸，覓覓在和我說一些很重要的事，我明天白天去找你。」

「哦。」王靜湖倒也不囉嗦，身子一閃不見了。

陳覓覓心有餘悸道：「我總感覺你爸很危險！」

王小軍搞笑道：「媳婦不是跟婆婆才是天敵嗎？你怎麼跟公公對上了？」

陳覓覓嗤了聲道：「我不是在開玩笑。」

王小軍面有憂色道：「我知道……」

陳覓覓道：「以後如果你爸要求和你單獨出去，你都不要答應他，大不了都推在我身上。」

王小軍涎皮賴臉道：「這麼快就開始擔心老公的安危啦？」

陳覓覓臉一板道：「以後不許拿我的身分開玩笑，你再這樣我翻臉啦。」

王小軍握著她的手，知道她沒有真的動怒，在她面頰上親了一口，隨即放開她。

胡泰來本來有事要出去，剛推門就見此情此景，嚇得一貓腰又縮了回去。

王小軍哈哈笑道：「虐狗成功。」

陳覓覓滿臉通紅，剛想解釋什麼，王小軍揮手道：「狗已經被虐跑了，你就不要再去連擊了。」

是夜，王小軍又鬼使神差地打開了電腦，他先悄悄地回頭張望，看父親有沒有在外面，然後輕手輕腳地點擊著滑鼠，還真像青春期少年要偷看A片防備家長偷瞄的鬼祟樣子。

王東來留下的第一張磁碟片裡，除了打坐的姿勢圖外，還有五幅圖，是標注著內力行進方向的講解圖，其中有大量是重複的，只有細微的區別，王小軍屏息凝神，開始按圖中的指示運行內力，稍即，他就覺內力經由丹田在五臟六腑之間呼朋喚友，很快又進入了物我兩忘的境界。

鐵掌幫功夫按深淺可分七重境，王小軍並不清楚自己到底到了哪一重，磁碟片有十張，封面沒有任何提示，內容也無非就是打坐、內力運行圖，王小軍按第一張裡的指示將內力行走了兩遍，只覺丹田被一股新生出的內力浸潤著，他睜眼一看，時間已經不知不覺過去了三個小時，但他並沒有絲毫睏意，反而愈發精神煥發，於是把第二張磁碟片放了進去。

第二張的內容和前一張大同小異，但內力的運行已經從五臟六腑逐漸轉向四肢，但就是這點區別，已經讓王小軍感到難度急劇上升，沒有百分之百對內力熟練的掌控，讓它們在四肢自由游走幾乎是不可能的任務。

正如一個嬰兒先學會坐，再學會爬，但離能走路還需要很長一段時間的積澱。好在王小軍也不急，要練成鐵掌幫最高深的武功當然是需要艱苦卓絕的付出和日積月累的，他也沒對自己寄託太大的期望，既然第二張上的內容行不通，他就翻來覆去地練習第一張。

當東方露出了魚肚白，胡泰來照例起床、洗臉，然後到前院練功，他身上有傷不能揮拳，於是一邊蹲著馬步，一邊把雙手在胸前來回比劃，就等同擊拳了。

就在這時，王小軍胸腹間冷不丁一動，這段時間修煉的內力終於開疆闢土，到達了他四肢末梢的範圍內，王小軍大喜，急忙把第二張磁碟片再插進去，這次練居然無往不利，尤其是雙臂修煉了纏絲手以後，再配合內功心法，讓他對掌勁的控制又上到了一個新高度。

這時就聽胡泰來和王靜湖打招呼的聲音，王小軍忙不迭地把第三張磁碟片換上，他知道自己能心無旁騖地練功的時間越來越少，日子久了勢必會引起王靜湖的懷疑，所以要抓緊一切時間，盡可能多地先對秘笈有一個瞭解。

第三張磁碟片點開以後，裡面居然是一小段視頻，王小軍詫異道：「這不對吧？」

視頻裡仍然是王東來，雜亂無章地揮了十幾掌之後，視頻戛然結束。為什麼爺爺會在如此珍貴的秘笈裡錄製這麼一段平平無奇的視頻？難道是搞錯了？

王小軍滿腦子都是這樣的疑問。他再把視頻放了一遍，依然沒能看出特別之處。

這時王靜湖在門外道：「小軍，你起來了嗎？咱們去釣魚吧。」

王小軍無語，不明白父親怎麼突然愛上了釣魚，但瞬間就明白王靜湖必然是有目的的，他裝出剛睡醒的口氣道：「我不愛釣魚，坐老半天啥也釣不著，想吃魚，我幫你去市場上買。」

王靜湖背著手，慢慢道：「釣勝於魚，這也是一種磨練性子的好辦法，

你就當陪陪我。」

王小軍愕然，正不知道該怎麼回絕，陳覓覓衣著整齊地走了出來道：「小軍，你不是說今天要陪我去逛逛的嗎？」接著轉頭對王靜湖道：「王叔叔，我想買幾件替換的衣服，我們儘量中午之前趕回來。」

王靜湖靜靜地打量著她，隨即擺手道：「不必了，你們好好逛吧，我們改天再釣。」

陳覓覓不好意思道：「謝謝王叔叔。」

王小軍趕緊把那些磁碟片腰揣在懷裡，揉著眼睛出了門道：「那我們走了。」

王靜湖手提著兩個漁具包，只是微微點了點頭。

一上車，陳覓覓就道：「昨天晚上你是不是又練功了？」

王小軍一夜未睡，眼裡都是血絲，但是精神煥發，陳覓覓是內家高手，已經感覺到了他的不同。

說到這個，王小軍忽然閉上了眼睛，他在回憶第三張磁碟片裡的內容，仔細地把爺爺每一幀的動作都翻出來在腦海裡回想著。

陳覓覓緊張道：「你怎麼了，你別嚇我。」

王小軍冷不丁睜開眼睛，目光灼灼道：「我明白了，不是搞錯了，我爺爺雖然練的還是鐵掌的掌法，但是每一招都有細節的不同，那是因為在學了內功之後，功力每深一層，掌法也隨之有不同的打法。」

原來他在慢慢回味王東來的掌法時，忽然發現老頭每一掌擊出動作都要比平時更伸展幾分，要是以前，王小軍就算看上千萬遍也不會發現其中的差別，但最近一個多月來，他和人數次動手，每次都堪稱大戰，對鐵掌的掌法也瞭然於胸，這時細細回想，終於給他找到了答案。

「我現在還真得找個地方練功去！」王小軍頓時心癢難搔，就像得到了遊戲秘笈，要去攻克以前過不了的關卡一樣急切。

陳覓覓道：「那能去哪兒？現在是上班時間，到處都是人，你總不能在大街上練吧？」

王小軍嘻嘻一笑道：「要不咱倆去賓館開個房，門上掛個『請勿打擾』的牌子，然後我練我的，你練你的……」

陳覓覓卻不理他的胡說八道，忽然道：「有了！」說著發動車子。

王小軍納悶道：「你要帶我去哪兒？」

「公園。」陳覓覓道。

王小軍驚訝道：「你不會讓我這種處在升級期關鍵時刻的絕世高手去公園修煉秘笈吧？」

陳覓覓呵呵笑道：「沒聽說過大隱隱於市嗎？」

早晨的公園，確實處於一天之中最喧鬧的時刻，晨運的老人們川流不息，在平均年紀超過五十歲的人群中，兩個年輕人顯得十分扎眼。

王小軍臊眉耷眼道：「你想讓我在哪兒練？」

陳覓覓拽著他進了一片小樹林道：「就在這兒練。」

王小軍忸怩道：「我們鐵掌幫的掌法可是比王致和臭豆腐的秘方還寶貴。」

「別矯情了，你覺得會有人在公園小樹林裡等著盜取武林絕學嗎？再說，如果不配合內功心法，誰能看得懂你在幹什麼?!練！」陳覓覓命令道。

王小軍這才鬼鬼祟祟地展開雙掌，先把鐵掌三十式打了一遍，隨即回憶著王東來的動作，照視頻裡的路數又打了一遍，王小軍感受著內力的變化，把它們糅合到掌法裡，起初他的雙掌掛著凌厲的風聲，漸漸的，風聲轉柔，那是內力潛蘊在手掌上之故，開始他還有些不好意思，畏手畏腳，後來一投入也就不在乎了。

陳覓覓見他漸入佳境，欣慰地看了一會兒之後，便開始練自己的推手。

雖說是小樹林，不過周邊仍不住有人來人往，在旁人眼裡，王小軍無非就是抽瘋而已，可陳覓覓卻極有看頭，這姑娘五官俊美長髮垂腰，站在那裡氣定神閒，一手太極功夫行雲流水。

所謂行家看門道外行看熱鬧，小樹林邊上一個頭髮花白的老者見了陳覓覓之後，不禁多看了幾眼，隨即緩步走過來道：「小姑娘，年紀輕輕，這推手的功夫倒還有模有樣呀。」

陳覓覓一驚，急忙立定站好，恭敬道：「讓前輩見笑了。」

老者微微頷首道：「嗯，我看你資質不錯，有意收你做個徒弟，你可願意啊？」

陳覓覓結巴道：「這……呃……」

那老者看出她有些為難，呵呵笑道：「這樣吧，咱倆先推推手，你要覺得我還有些真東西再說不遲。」

陳覓覓不好再拒絕，只好謙恭道：「那晚輩獻醜了。」

說話間，兩個人手搭在一起，陳覓覓自居晚輩，對方想也不會先行發難，於是運氣緩緩推了過去，她見這老者信心十足，猜想對方大概是武林中有名有望的耆老，心裡在想著一會兒自己實力不濟後，又該怎麼婉言推辭人家的好意，可這手推過去之後卻不見了回應。

原來那老頭只覺對面一手推來看似風平浪靜，可想回手時，又覺這姑娘如嶽峙淵渟高山仰止，自己被一股又柔又韌的勁氣擋住，無論如何也近不了對方的身，瞬間面紅耳赤起來。

陳覓覓一推之下也啞然失笑。當即撤手，她性格直爽，微微一笑便打算離開。

「咳咳——」那老頭尷尬地咳嗽了一聲，問道：「那個……你明天還來嗎？」

「呃，不一定。」

老頭低著腦袋道：「說不一定不行，你一定得來呀。」

陳覓覓莫名其妙道：「您有什麼事嗎？」

老頭這才抬起頭，不好意思道：「你教教我唄。」

老頭說完這句話，陳覓覓顯得比他還尷尬，對方的年紀當她爺爺都綽綽有餘，一句話就要拜她為師，這讓陳覓覓很為難，一時之間不知道該怎麼回覆才好。

這時王小軍走了過來：「什麼事？」
「呃……這……」陳覓覓支吾著。
老頭倒是很乾脆：「我看這小姑娘功夫好，想跟她學功夫。」
王小軍失笑道：「大爺，要不您跟我學？」
老頭斜了他一眼：「你是練什麼的？」
王小軍孔武有力地揮了兩下掌：「鐵掌！」
老頭鄙夷道：「不學，要學我就要學真功夫。」
陳覓覓哭笑不得道：「老爺子，我功力還淺，當不了您的老師。」
老頭執意道：「你可以的。」
陳覓覓拽著王小軍，逃荒一樣道：「我們還有事，老爺子再見。」
老頭不依不饒道：「那你明天還來嗎？」
「呃，不知道。」趕緊帶著王小軍跑出了樹林。
兩人吃過午飯返回鐵掌幫，王小軍鬼鬼祟祟探頭探腦地在前後院各繞了一圈，胡泰來忍不住問：「你找什麼呢？」
王小軍道：「我爸呢？」

胡泰來道：「老爺子不是釣魚去了嗎？」

王小軍詫異道：「真去啦？」

胡泰來道：「你一驚一乍地幹什麼？」

「沒什麼。」王小軍哧溜一下鑽進自己屋裡，把第四張碟片塞了進去，這是他第一次體驗到爭分奪秒做一件事的感覺。

下午的時候，一個高大的青年走進了鐵掌幫，胡泰來見到他之後微微愣了一下，那青年赧然一笑道：「我找王小軍。」正是虎鶴蛇形門的大武武經年。

這是他第三次來鐵掌幫，前兩次都是氣勢洶洶地來打架，所以見了胡泰來頗覺窘迫。

胡泰來點頭道：「哦，你稍等。」隨即衝著王小軍的房門喊了一聲。他回過頭道：「你先坐，我給你倒杯水去。」

「不用客氣……」大武既沒有坐，也沒有接話，只是局促地等著王小軍。

胡泰來一笑道：「武兄還在惱我們嗎？」他本來就是個直性子，這段時間大風大浪闖過來，這點小恩小怨已全不掛心。

大武愈發不自在，悻悻道：「胡兄別誤會，以前是我們不對在先，師父已經把我們狠狠訓了好多次了。」

胡泰來揭過這篇，道：「武兄的拳法精妙，可惜上次沒能分出勝負。」

大武眉頭皺了皺道：「不然我現在再領教一下胡兄的高招？」

胡泰來見對方誤會了，忙道：「我有傷在身，過些日子一定登門拜訪，不過是真的想求教武兄一些問題，貴派在拳腳融合這一點上很有獨到之處，當日你那一招……」

他不知招式名稱，便輕輕躍起雙腳蹬出示範了一遍，隨即道：「這招威力十足，我這些天常常回想。」

大武臉一紅，知道自己格局小了，人家是真心在討論功夫，自己卻誤以為是耀武揚威，於是趕忙道：「這招叫野鶴飛天，難點是要在恰當的距離內使出，威力麼，自然是不小。」

他覺得來而不往非禮也，也認真道：「胡兄擊敗我的那一招拳法也很高明，我回想起來，就算心平氣和地想躲也很困難。」

「哦，這招叫白虎伸腰，自古以來，人們一般認為白虎是神虎，牠遇到同類一伸腰呵氣，就能展現出與眾不同的氣勢來，但我們是黑虎門，所以這一招並不常用，我師父有心把它改作黑虎伸腰，可怎麼聽都覺得不是那

麼回事。」

說到這，兩人對視一眼，同時大笑起來。

其實胡泰來對大武並無惡感，感覺到這是一條耿直的漢子，雖然有些莽撞，也是在門裡待得久了習慣使然，兩人都癡迷武功，這一聊上頓時入神，最後大武遺憾地輕拍了胡泰來一把：「怎麼每次見你，你都有傷啊？」

胡泰來一笑，也是頗感無奈。

這一幕恰巧被走出房門的王小軍看到，他頓時擺開雙掌咋呼道：「又來踢場子?!」

胡泰來急忙道：「武兄是找你有事，不是來打架的。」

王小軍瞬間又收回巴掌，和顏悅色道：「哦，那請坐吧，武兄找我有什麼事啊？」

大武從懷裡掏出一包東西遞過去道：「我師父要我把這個給你。」

那包東西大概一本書大小，由牛皮紙左三層右三層地包著，並且是大武用一根帶子貼身橫一道豎一道地綁住，不然現代人誰能從懷裡掏出東西來？顯然是張庭雷極其重視的寶貝，而且再三警告大武要珍而重之。

王小軍拿過來就要拆，大武道：「等我走了以後你再看。」

他對王小軍始終是不冷不淡，因為對胡泰來而言，是他們理虧在先，而王小軍兩次大鬧虎鶴蛇形門，搞得他和一干師兄弟顏面掃地，仇是報不了了，可不耽誤他給臉色。

大武把東西交接之後再不多說，轉而抓住胡泰來胳膊道：「胡兄，過個十天半個月我再來找你，咱倆好好幹一仗！」

胡泰來笑道：「多半一個星期之後我就先去找你了。」

「我等著你。」

大武大步走了出去，三言兩語之間，他和胡泰來已經成了莫逆之交。

看著大武走出去，王小軍小心翼翼地把那油紙包放在石桌上，神神秘秘道：「老張能給我什麼呢，別是顆定時炸彈吧？」

胡泰來好笑道：「別以小人之心度君子之腹了，張庭雷在武林裡是什麼身分，能暗算你一個小輩？」

王小軍其實也就是說笑，雖然只見了一次面，但他深知張庭雷的為人，這時拿起那個包一層層打開，裡面是一個封皮發黃的筆記本。

王小軍翻開第一頁，見上面是手畫的內力運行圖，下面配著幾個簡單的小字：虎鶴蛇形門內功修煉方法。再胡亂翻幾頁也全是打坐和內功運行圖示，王小軍急忙合住道：「老張給我這個幹什麼？」

這時唐思思和陳覓覓也全都趕到，一起問：「什麼東西？」

王小軍一字一句道：「虎鶴蛇形門的內功秘笈。」

「啊？」陳覓覓接過來看了幾頁，又還給王小軍道，「那天你和老頭私下到底說什麼了？這種東西無論在任何門派都是不傳之秘，他怎麼會隨便給你？」

胡泰來冷不丁道：「那天你和他交手，是不是手下留情了？」

王小軍也不否認，道：「沒錯。」

陳覓覓詫異道：「我怎麼不知道？」

王小軍道：「那是因為你沒見過余巴川的陰人掌法。」

原來那天王小軍和張庭雷對戰，最後一招引而不發，胡泰來依稀瞧出了端倪，那是因為余巴川的怪掌秘笈他也仔細研究過，看王小軍的架勢像其中的一招，不過他也吃不死，畢竟場上情況瞬息萬變，錯失一次機會也很正常，至於陳覓覓，她武功雖高但沒見過怪掌的打法，反而沒有絲毫懷疑，王小軍底子太薄，抓不住戰機可以理解，直到這時他才說出真相。

陳覓覓對王小軍刮目相看道：「想不到你還有如此胸懷？」

王小軍笑嘻嘻道：「嗯，我就是傳說中的F杯。」

唐思思翻白眼道：「真是狗嘴裡吐不出象牙。」

王小軍這才認真道：「不是我胸懷大，我是怕老頭訛我，你們想想，他都七十了……」

陳覓覓無奈一笑道：「所以他承你的情，把門派的內功心法送給了你——那也不對呀，他明知道你是鐵掌幫的人，這做法豈不是太冒失了？」

王小軍道：「因為我跟他說過我沒正經練過內功，看來老頭上了心，我沒讓他晚節不保，他這是投桃報李。」

不過王小軍拿著這本秘笈可犯了愁，這要是前些日子他沒找到的時候說不定還有興趣看看，這會他的本派內功上了道，再從頭學別派的功夫他可沒那耐心，而且他明顯感覺得到鐵掌幫的內功心法修煉速度快、效果明顯，再看張庭雷的秘笈，裡面密密麻麻都是圖形和標注，在某一階段容易遇到哪些問題，有什麼注意事項都寫得很詳細，顯然練起來會很困難。

王小軍道：「誰有興趣，我借給他先看。」

胡泰來認真道：「你這是胡鬧，各派有各派的內功修煉方法，練內功講究精純，最忌諱大雜燴，比如你們鐵掌幫的內功再好未必適合黑虎門，混練的話很容易走火入魔，你這東西還是收好吧。」

王小軍聽得一愣一愣的，隨手把秘笈揣到屁兜裡道：「那下次我見了老張還給他算了。」

當夜王靜湖沒有回來，王小軍也就放心大膽地開始練習第四張碟片裡的內功心法。

順理成章的，這些心法越到後面越艱深難練，新的心法已經修煉到了身體裡每一根神經末梢，王小軍心無旁騖地練了一夜，天亮的時候算是勉強達到了要求，他就覺身體裡流走著一股勃勃新生的力量，恨不得馬上找一個地方痛痛快快地把鐵掌打上無數遍。

他也明白，雖然短短幾天，他的內力已經到了前所未有的高度，這時練功只要被王靜湖看見，父親就一定能猜測到自己的所作所為，據他觀察，王靜湖這兩天沒有糾纏他，是因為看到他和陳覓覓「醉生夢死」，所以也就樂得放任，如果知道他在偷偷練功，誰也不知道會激發出什麼後果。

所以王小軍和陳覓覓一大早又來到了公園裡，兩人鬼使神差地換了一片小樹林……

王小軍一入場地就迫不及待地練起掌來，鐵掌三十式井噴而出，他也越打越神采飛揚，陳覓覓忍不住道：「我來驗證驗證你的成果。」她猱身而上，兩個人片刻就戰在一處。

世上有「以柔克剛」這句話，卻沒有「以剛克柔」的說法，所以王小軍當初在武當山上處處受制，一度心灰意懶，以為鐵掌幫的功夫是浪得虛名，後來學了游龍勁才逆轉了局勢，但今天他只覺自己胸藏十萬甲兵，與那些日子相比，他對鐵掌的理解終於走上了正軌。

這世間剛極而柔，柔極而剛，鐵掌三十式凌厲霸道的外表下也有渾然天成的柔勁，而太極拳名之以柔，其中的沾衣即跌、寸勁寸發也未嘗不是一種剛，王小軍刻意不用游龍勁，專以鐵掌和陳覓覓過招，兩個人瞬間就過了上百招而渾然不覺。

陳覓覓眼神裡帶著欣喜，知道王小軍短短時間內終於上升了一個層次。

·第十章·

不連戲的秘笈

「小軍？」胡泰來嚇了一跳，他還從沒見過王小軍這個樣子，「你一大早坐在這幹什麼呢？」

王小軍自顧自道：「秘笈我已經看完了，中間少了一張，連不上了。」

胡泰來道：「那怎麼辦？」

「沒辦法。」王小軍悻悻地說。

就在這時，昨天的老頭忽然從樹林邊上冒出來道：「原來小師父在這兒，我找你半天了。」

陳覓覓只得停手，哭笑不得道：「老人家，您找我幹什麼？」

「找你學功夫呀。」老頭自然而然道。

陳覓覓想了想，認真道：「這樣吧，我可以把我會的教給你一些，但有言在先，可不是什麼都教，你到時候別說我藏私。」

老頭聽陳覓覓吐了口，喜不自勝道：「多謝小師父。」

陳覓覓道：「您可別叫我小師父，我叫陳覓覓，您叫我覓覓就行。」

老頭道：「我叫黃俊生，你也別您您的了，以後叫我俊生就行。」

王小軍探頭道：「我叫王小軍，你們以後叫我小軍就行——」他指著自己的鼻子對黃俊生道。

黃俊生自始至終沒跟他說過一句話，幾乎是視而不見，王小軍有點不高興了。

陳覓覓一推他道：「你去練你的去。」

黃俊生從隨身的包裡掏出各種瓶瓶罐罐道：「也沒什麼別的東西好送，這是我的拜師禮。」

這些瓶瓶罐罐是各式各樣的化妝品，有睫毛膏、眼影、香水、口紅等等，都是名牌。

王小軍瞪大了眼睛看著，在陳覓覓耳邊小聲道：「一個老頭隨身帶著這些東西，你確定你不是遇上怪老頭了？」

陳覓覓也頗覺無語，婉謝道：「黃老，我已經答應教您了，這些東西我不能收。」

黃俊生執拗道：「哪有拜師不送禮的，你要不收我可不好意思跟你學。」

陳覓覓也堅決道：「你一定要送的話，那我就要反悔了。」

黃俊生忙道：「那這樣，這些東西你挑一半，挑一半行吧？」

兩個人來來回回地推讓了多次，最終陳覓覓拿了一條口紅道：「那我就要這個，其他的你必須拿回去。」

黃俊生悻悻道：「好吧。」

王小軍試探道：「大爺，您這麼大歲數還推銷化妝品呢？」

黃俊生不悅道：「什麼推銷，這些都是我孫女從法國帶回來的，如假包換。」

王小軍嘿嘿一笑道：「您孫女是做代購？」

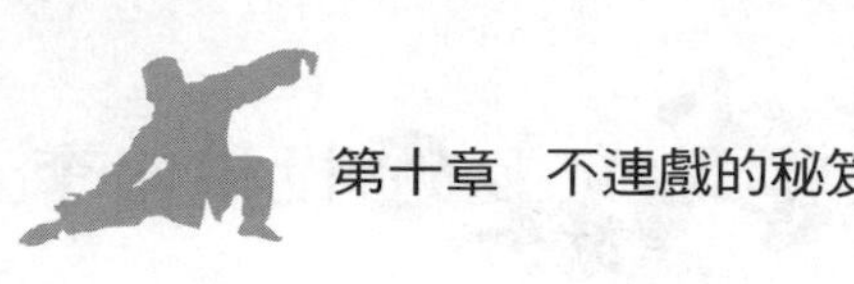

黃俊生白了王小軍一眼，強調道：「我孫女是服裝設計師！」

陳覓覓對黃俊生道：「咱們也開始吧。」

一老一小開始在林邊推手，陳覓覓從推手的八字訣講起，一邊講一邊示範，黃俊生以前本來對自己的「功夫」很有信心，但剛聽了這姑娘講的開頭就覺得字字珠璣，陳覓覓一問，才知道黃俊生從沒退休前就開始練習太極推手，距今有十幾年了。

他拜的那些形形色色的老師雖然不乏有真東西的，但大多是野狐禪傳野狐禪，導致老頭越練越偏，陳覓覓就挑淺顯的教他一些，老頭如獲至寶。

時近中午，陳覓覓婉拒了黃俊生要請兩人吃飯的請求，回到家，陳覓覓低著頭就往自己房間裡走。

王小軍忽道：「覓覓，快過來看看這個。」他舉著手機道。

陳覓覓以為他又耍什麼花招，可無意中眼睛一掃手機螢幕，馬上吃了一驚——王小軍的手機正在播放一段視頻，地點是在一座山裡，看樣子是深夜，視頻裡的一景一物陳覓覓都太熟悉了，正是武當山！

「你們也過來。」王小軍叫了一聲，胡泰來和唐思思也圍了過來。

視頻不住地搖晃，顯然是有人把手機拿在手裡，在不斷地快速運動中拍的，給人的感覺是：拍視頻的人自己不知道手機開著，所以這一切都是無意中而為，視頻裡除了黑漆漆的背景之外，忽然閃出一個人的背影，這人在拍攝者的前方提氣奔跑，輕功非常高明，冷不丁轉身道：「你快點跟上我呀。」

「苦孩兒？」這人一露臉，四個人一起驚訝道。

隨即，陳覓覓馬上道：「不對，聲音不對！」

王小軍這時也聽出來了，那人的樣子雖然十足就是苦孩兒，但聽聲音應該年紀不大，最多三十歲左右，這麼年輕的聲音從一張滿是褶子的人嘴裡說出來非常詭異。

接著，視頻的拍攝者有些膽怯地問：「你要帶我去哪？你到底是誰？」

陳覓覓和王小軍異口同聲：「這才是苦孩兒！」

唐思思滿頭霧水道：「這到底是怎麼回事？」

王小軍試著解釋道：「這段視頻是苦孩兒拍的，手機在他手裡，然後有人假扮成他的樣子，不知道要把他帶到什麼地方去。」

陳覓覓道：「視頻哪來的？」

「劉老六發給我的。」王小軍看了下視頻的拍攝日期，正是武當派丟失

真武劍那天晚上十二點多，也就是說，那不久之後，他和受傷的陳覓覓就上了山，然後和武當眾人動手，才發生了後面的事。

陳覓覓很快就理出了事情的大概：「這個假扮成苦孩兒的人才是盜劍真凶，他化裝成苦孩兒，把真正的苦孩兒領向真武劍所在的鳳儀亭，隨後他躲起來等待時機，真苦孩兒又好奇又害怕，最終被他吊著，替他引開了武當的守衛，然後他把真武劍偷走，再栽贓給苦孩兒和我！」

果然，那假苦孩兒嘿嘿冷笑道：「我就是你呀，你不想跟我去一個好玩的地方嗎？」

兩人一前一後快速奔行，陳覓覓看著視頻裡的景物道：「這裡是鳳儀亭下面，再往前勢必會引起守衛的警戒。」視頻到這裡戛然而止，後面的事情不得而知。

看完視頻，王小軍把電話打給劉老六。

劉老六直接問：「看明白了嗎？」

王小軍道：「有人假冒苦孩兒。」

劉老六道：「沒錯，那晚苦孩兒拿著我的手機玩遊戲，無意中拍了這一段視頻，那人才是盜劍真凶。」他頓了頓道：「而且此人假冒苦孩兒應該也是臨時起意，他見武當派守衛森嚴無從下手，偶然見到苦孩兒這才心生一計，武當派的人說，那晚苦孩兒在鳳儀亭周圍多次出現，前幾次應該是此人在做怪，最後一次他才讓苦孩兒引開守衛，盜走了真武劍。」

王小軍道：「你說的有道理，但此人冒充苦孩兒是臨時起意，不過偷真武劍卻不是，苦孩兒只是他的突破口。」

劉老六道：「那是自然。」

陳覓覓急道：「六爺，您問過苦孩兒沒有，那人身上有什麼特點？」

劉老六道：「一提起這事，苦孩兒就又驚又怕，說也說不清。」

陳覓覓道：「苦孩兒只有七八歲的智力，說不定他以為那人真是他的分身，所以那晚他一直閉口不提又有一個自己的事。」

王小軍不禁道：「六爺，你不是活的武林百科嗎？倒是說說這事是誰幹的啊？」

劉老六道：「武林上會易容的人太多了，光憑這點我不好信口開河，不過，此人既精通易容術又輕功絕頂，那多半不是神盜門的人，就是和神盜門有關。」

王小軍拍案道：「果然是神盜門！」

掛了電話，王小軍道：「下一步我們就找楚中石。」

陳覓覓道：「我聽你們經常念叨這個人，他為什麼會告訴你們神盜門的事情？」

王小軍一笑道：「因為我們之間有業務聯繫。」

胡泰來氣憤道：「這個神盜門，先盯上鐵掌幫，又惹到武當派頭上，這樣的門派居然沒給人剷除了。」

唐思思道：「神盜門並不是一個門派，嚴格說來，它更像是仲介機構，那些身懷絕技的賊在中間人那裡領到任務就去執行，失手以後也只能自認倒楣，真正的幕後主使又不會露面。」

王小軍道：「那我們就順著這條線摸下去，直到找到幕後的人。」

胡泰來疑惑道：「可是你怎麼才能找到楚中石？說起來這個人好久沒出現了。」

王小軍目光灼灼道：「總有辦法的。」

整個下午，王小軍都把自己悶在屋裡，他拿著一枝筆在紙上寫寫畫畫，偶爾抬頭凝神思考一會兒，接著又忙活起來，連唐思思叫他吃飯都喊了好幾次。

胡泰來看著王小軍的房門納悶道：「難道他忽然想當作家了？」

唐思思笑道：「不管別人，他寫的書我可是不看。」

傍晚的時候，王小軍忽然又到倉庫裡把木人樁搬了出來，接著還像以往一樣，把一根竹竿戳在邊上，在上面釘了一疊圖形，然後照著那些圖形一招一式地練了起來。

胡泰來奇道：「小軍，你家的掌法你不是都練會了嗎？」

王小軍邊練邊道：「溫故而知新嘛，這些圖是我這段時間練習鐵掌的心得，稱得上是真正秘笈了，你要不看看？」

胡泰來連連擺手，隨即道：「既然這樣，你記在腦子裡就好了，幹嘛非得畫出來？」

「怕忘。」王小軍也不多說，練幾掌，翻幾頁紙，煞有介事。

唐思思嘖嘖稱奇道：「這人居然真搞出秘笈來了。」

王小軍招招手道：「覓覓你來，我有話問你。」

陳覓覓道：「什麼事？」

王小軍貼近她耳邊道：「你輕功怎麼樣？」

陳覓覓如實道：「還行，怎麼了？」

王小軍道：「比起視頻裡那個偷劍的人呢？」

陳覓覓沉思了片刻，搖頭道：「只怕稍有不如。」

「那也夠了。」王小軍說了句莫名其妙的話，又練功去了。

到了晚飯時間，王小軍搬了張桌子道：「今天咱們去外院吃吧。」

唐思思道：「這又是為什麼呀？」

「涼快。」王小軍衝她眨眨眼。

胡泰來指著那些「秘笈」道：「這些東西你收好。」

王小軍拉著他往外走道：「咱們守在外面又不怕丟。」說著，端著飯菜走了出去。

四個人坐在外面吃著飯，胡泰來忍不住道：「我怎麼總覺得不踏實？」

王小軍嘿嘿笑道：「不踏實就對了。」

這時就聽裡院傳來鈴鐺聲響，王小軍臉色一變，攬過陳覓覓在她耳邊說了句什麼，隨即拔腿就跑。

王小軍來到裡院，只見楚中石已經拿著那疊秘笈坐在房檐上，那疊紙和竹竿之間連著一條細細的絲線，之後是一個鈴鐺，楚中石拿走秘笈觸動了機鬮，所以鈴鐺發出了警報。

這時楚中石坐在房頂上正慢條斯理地揚著那幾頁紙，臉上得意洋洋道：「哎呀，你們怎麼這麼不小心，明知我隨時會回來，還把這種東西隨便亂放——繫個鈴鐺管用嗎？」

他深知這幾人都不會輕功，所以得手後沒有立刻逃走，而是先打開嘲諷技能。

王小軍卻笑得比他還得意：「繫鈴鐺不是防你，而是等你，只要它響了那就管用。」

楚中石愕然道：「什麼意思？」

陳覓覓靈燕一般從他身後躍上房頂，楚中石畢竟是盜賊出身，已然驚覺身後有人，他聽音辨形，起身回手一拳直擊陳覓覓的小腹，陳覓覓沉聲道：「下去！」她左手一帶楚中石，右掌拍中他的肩膀，楚中石只覺半個身子又痛又麻，拔地而起掠向前院。

王小軍大叫：「絕不能讓他跑了！」

楚中石高高躍起，陳覓覓隨之一躍，但身子在半空已經下沉，楚中石洋洋自得道：「小丫頭，想追上我你還得……」

他話音未落，忽見陳覓覓本已下落的身子毫無徵兆地升了上來，接著輕巧地擋住了他的去路，楚中石大驚，一愣神的工夫，兩人同時落在院裡，楚中石再想飛身，陳覓覓探手在他肩上一按，楚中石只覺千斤壓身，竟絲毫動彈不得。

他武功稀鬆，全仗著輕功避敵，這時失了先手處處受制，論打，這院子裡的人除了唐思思，他誰也打不過。不禁愁眉苦臉道：「我認栽了。」

王小軍笑道：「你發現沒有，最近幾次你總是要栽。」

楚中石掃了一眼陳覓覓道：「我不知道你們添人手了。」

他吃了這麼大的虧，見對方只是個小女生，不禁哀怨不已地道：「你是什麼人？」

「我是武當派陳覓覓。」

楚中石頓時洩氣道：「原來是武當小聖女，那就難怪了。」

回想剛才的情景，別說他起初就有輕敵之心，就算全力而為，這麼近的距離下對上武當派的梯雲縱八成還是討不了好，所以楚中石倒也沒什麼抱怨的。

王小軍道：「你還有什麼要說的嗎？」

楚中石二話不說把那疊紙遞了過來：「我一頁都沒顧上看，還給你。」

王小軍卻不接手，反道：「你先拿著，這次用這種非常辦法請楚兄出來，主要是有件事想請你幫個忙。」

楚中石冷笑一聲道：「咱們之間既沒交情又沒帳目，我憑什麼幫你？」

王小軍道：「少廢話，你來我鐵掌幫偷盜秘笈，現在人贓俱獲，你打算怎麼了斷？」

楚中石嘿然道：「還能怎麼辦，要不然你們把我交給派出所吧，我又沒偷你家電視冰箱，無非拿了這幾張紙，你說警察會怎麼處置我呢？」

王小軍點頭道：「把你交給普通警察你不怕，可如果交給民武部呢？」

楚中石臉色大變：「你怎麼知道有這個部門？」

王小軍暗道果然不錯，原來在峨眉山上楚中石被抓住以後，有人提議要把他交給警察，楚中石抵死不從，當時王小軍很納悶，後來民武部的吳峰出現以後，王小軍依稀猜出一些端倪，雖然最終也不知道民武部有啥職能，但他確定這個部門是專和武林人士打交道的，楚中石這樣的江湖飛賊交給一般的警察部門，也就是訓斥一頓，扣個幾小時也就放了，但是落到民武部手裡肯定沒那麼簡單，說不定「職業生涯」就此終結，楚中石怕的就是這個，這

時抬出民武部來，楚中石果然就範了。

王小軍道：「你選吧，是我們把你交給民武部，還是幫我們這個忙？」

楚中石道：「你先說要我幫什麼忙。」

「來，給你看段視頻。」王小軍把劉老六傳來的視頻給楚中石看了一遍，然後道：「只要你把視頻裡這個人的資料給我們，就算你幫了我們，你從我這裡拿走的那些秘笈我就送你了。」

「真的？」

王小軍道：「真的。」

楚中石琢磨了片刻，忽然冒出一句：「視頻裡的人並不是長這個樣子，他這是喬裝改扮冒充了別人。」

眾人一聽都是眼前一亮，楚中石這麼說，證明他確實知道此人底細，剛才王小軍沒有說明也是為了試試他。

王小軍道：「然後呢？」

楚中石道：「我能先知道他幹了什麼嗎？」

王小軍道：「少廢話！」

這時陳覓覓道：「此人冒充別人的樣子，到我武當派盜走了我們鎮派之寶真武劍，楚兄如果肯幫我這個忙，我就欠你一個人情。」

楚中石倒吸了口冷氣道：「他居然有這麼大的膽子？」

王小軍道：「這人到底是誰？」

唐思思道：「他是你們神盜門的人嗎？」

楚中石點點頭。

王小軍道：「你只要把他真人的照片給我，咱們就算兩清了。」

楚中石苦笑道：「別說照片了，說來好笑，我也沒見過他的真面目。」

王小軍揚起巴掌道：「信不信我拍死你？」

楚中石忙道：「是真的，此人有個綽號叫『千面人』，每次就算跟我們見面，他也隨機化裝成別人的樣子，可能是老頭，可能是年輕人，有時候甚至會扮成個美女，所以除了綽號之外，我對他的瞭解也不多。」

胡泰來好奇道：「那你怎麼知道見到的人就是他呢？」

楚中石一字一句道：「因為他的聲音不會變！」

唐思思想不通道：「他能隨便化裝成別人，居然搞不定區區的聲音？」

楚中石白了她一眼道：「你把我們這行看得也太簡單了吧？光拿易容術來說，想扮活一個人，不光得會面目化裝、衣著品味、縮骨法、甚至得學習心理學，你演一個沒出過村的老頭和一個混了一輩子文藝界的老頭，他們的言談舉止就大不相同，這其中牽涉到很多精細的學科，變音就是其中一門，有些人能學別人說話，但不會縮骨法，你讓他裝成比他高或者低的人那就沒辦法了；有些人無論高低胖瘦都能裝，但變不了嗓音，千面人就是這種情況，像我這種精通所有門類的奇才畢竟是少數。」

王小軍道：「這樣的話，他就算裝成別人，一說話不就露餡了嗎？」

楚中石道：「人們往往只相信自己的眼睛，就算至親至近的人，只要他樣子十足像了，你就先信了八九分，聲音不對可以推說是感冒了、嗓子啞了，普通人誰會懷疑？」

王小軍不自覺地點頭：「看來還真挺有學問的。」

楚中石得意道：「你以為呢——我可以走了嗎？」

這點上王小軍倒是服楚中石，上次冒充謝君君壓根不存在的女朋友，這個飛賊無論說話、舉止都無可挑剔，而且據說要不是時間倉促，他連身材都能模仿出來。王小軍揮手道：「你走吧。」

楚中石聞言又躍上牆頭，陳覓覓道：「如果我們想找千面人，應該去哪裡找他？」

楚中石嘿嘿一笑道：「姑娘，這個我可就幫不了你了，咱們有言在先，我只提供他的資料。」

王小軍道：「如果你能幫我們找到他，我教你十招鐵掌。」

楚中石晃了晃手中的那疊紙：「你以為我傻子啊，有了這些，我還看你的鐵掌幹什麼？」

王小軍背著手道：「你好好看看那些紙上都畫的啥？」

楚中石這才低頭細看，一看之下臉色不住變換，最後劈手把那疊紙扔進了院子，怒喝道：「王小軍你又陰我！這根本是《三隻小豬》的插畫！」

王小軍還嘴道：「說明你根本就沒仔細看！」

楚中石悚然一驚：「難道真有秘笈？」

王小軍聳聳肩道：「秘笈倒是沒有，但是除了《三隻小豬》，後面還有《小紅帽》的！」

楚中石被氣得在房頂上直跳腳，王小軍嘿嘿笑道：「我的條件考慮一下，十張圖，不少啦！」

楚中石想想也是，冒充謝君君的女朋友，上躥下跳忙了兩天才得到兩張圖，這次王小軍開口就是十張，算是天價了。楚中石小心道：「我答應你，不過咱們有言在先，我只負責告訴你們在哪裡能找到千面人，可不幫你們抓人。」

王小軍道：「不用你動手。」

楚中石道：「成交！」

陳覓覓質疑道：「可是我們怎麼才能知道你告訴我們的情報是真的還是假的？」

楚中石狡猾笑道：「這個簡單，只要你們抓不住的，那一定是真的！」

王小軍道：「什麼意思？」

楚中石道：「千面人的輕功就算在神盜門也是名列前茅的，就憑你們幾個想抓住他，簡直就是天方夜譚——」他轉向陳覓覓道：「你輕功雖然不錯，但論長途跋涉未必是我對手，更別說和千面人比了。」

王小軍頓覺上當：「你是因為知道我們抓不住他才肯答應的？」

楚中石得意道：「合約已成，當然想反悔也由你們，不過，若沒有我這個內線，你們想找千面人恐怕就難了！」

陳覓覓堅決道：「我們不反悔！」

「好！」楚中石說了一個字，身形一動已經遠遠地去了。

唐思思隨後撿起幾張散落在地上的「秘笈」，怔忪道：「接下來你們打算怎麼辦？」

王小軍摳著嘴角道：「看來想抓住千面人只能在極近的距離突然出手，一但抓住絕不放開，然後你們一擁而上……」

胡泰來道：「我看不可行，聽楚中石的意思，他和千面人也並不熟悉，而且賊與賊之間都沒有信任，更別說讓生人近身了，此人能在武當山中盜走鎮派之寶，輕功之高聞所未聞啊。」

王小軍出神地坐在地上，也不知道神遊到哪兒去了。

陳覓覓道：「小軍，你想什麼呢？」

王小軍癡癡道：「我們鐵掌幫掌法這麼厲害，想來也該有相應的輕功才對。」

以前他沒有想過這種事，但是最近隨著和人動手次數增加，王小軍開始考慮這樣的問題——如果不會輕功，是無法稱得上頂尖高手的，他和余巴川、淨塵子、唐聽風對戰都有這種強烈的感覺，如果自己會輕功，至少不會一開始就落在下風，他之所以在這些對戰中能贏，有的是靠運氣，有的是出其不意，如果對手身法再靈動一點，那結果就很難說，老虎再猛也無法和烏

鴉為敵，爺爺常年擔任武協主席力壓群雄，必然不能純靠掌法剛猛。

「不行，我得再研究一下我們家的秘笈去。」王小軍哧溜一下鑽進屋裡，又打開了電腦。

從這之後，王小軍就落了心病，一心念念要加快進程學習爺爺留下的秘笈，那些磁碟片他只練到了第四張，王小軍抱著萬一之想，希望後面說不定就會出現有關輕功的內容，好在雖然急切，但他知道練功要循序漸進，所以硬是忍住沒有跳著看後面的內容。

就這樣又過了好幾天，王小軍照舊晚上修煉內力，白天藉口和陳覓覓出去，然後在公園裡練習掌法，王靜湖絕想不到兒子每天和女朋友出去幹了什麼，在某種程度上放鬆了警惕。

王小軍在第五張磁碟片的修煉終於遇到了瓶頸，三天後才有所突破，第五張仍然是內功修煉，這一次的要求是內力及體力並行，簡單來講，就是由以前的一支內力運行變成了兩支，它們由丹田出發後，一支流向胸腹方向，另一支經由四肢到達手指腳趾末端，就像一個將軍不但要負責邊疆的戰事，還要分心處理國內練兵；說得再簡單點，就是單核處理器和雙核處理器的區別，好在王東來的秘笈步驟仔細，這一路修習過來雖然艱辛，倒也按部就班。

這天凌晨，王小軍終於能靈活操縱兩路內力並行不悖地在體內奔走。他懷著激動的心情把第六張碟片塞進了電腦，這些天的內功修煉帶給他非常不同的體驗，這種學習過程更像是遊戲通關，這時候就算有人告訴王小軍余巴川已經死了、癱了、再不會與他為敵了，他也照舊會練下去。

第六張磁碟片塞進去，什麼都沒顯示又退了出來；王小軍再塞進去，再退出來。如此往復數十次，王小軍不禁崩潰——他搜尋了一下，有人告訴他這是使用磁碟片經常會出現的故障：消磁。對於二十年前的磁碟片，這種故障基本無解……

王小軍幾乎跳起來，他開始抱怨爺爺為什麼不能學別人家掌門那樣，把武功秘笈寫在羊皮卷上，然後用油紙包起來藏在磚下或者房梁上，而是耍酷地錄製在這種極易出故障的磁碟片裡！

第六張磁碟片故障，那就意味著後面的秘笈集體失效，據他對這些天練習的總結，如果沒有第六張做銜接，第七張的內容絕對看不懂。

出於一種說不清的心態，王小軍把第七張磁碟片塞進電腦，一幅幅清晰

的內功修行圖出現了，王小軍哀嘆一聲，如果第七張也看不成，他或許心裡還能舒服點。

接著，他把第八張磁碟片塞進去，出現在螢幕上的除了圖示之外，還有一行小字：鐵掌幫輕功講解。這次的圖示上，只有簡單的箭頭標注，除此之外再沒有穴道和經脈這些注解，很顯然，修煉者在修行過前七張磁碟片後，此時內力達到了一定境界，只要按照圖中箭頭的方法就能掌握輕功的奧秘，簡言之，前面學的都是動力學，這張磁碟片裡則是教你怎樣把動力學應用於實際。

王小軍憋著一股氣，索性把最後兩張磁碟片也試看了一遍，那是兩段視頻，王東來站在平地，簡單地指了下丹田，隨即用手指做指標，示範了下內力運行方向，然後不見他做任何預備動作，整個人嗖地掠出去螢幕。

在最後一張磁碟片裡，王東來做了差不多的動作，接著膝蓋不彎地提氣躍上了四米多的高牆，老頭隨即得意地衝著螢幕微笑致意，正如演員謝幕。

看完後面的磁碟片，除了不能看的第六張，第七張是最關鍵的內功心法，最後三張裡，全部是輕功教學！這就表示，後面的秘笈裡有他急需的東西，但是缺少了中間的內容，這一切都成了空中樓閣。

王小軍強壓著熊熊的鬱悶之火，重新把第七張磁碟片放出來，他懷著僥倖的心理勉強自己冷靜地思考和自我催眠——萬一能看懂呢！萬一自己能靠聰明才智推測出前面的內容並把它補上呢？

然而事實就是事實，螢幕上的內力運行途徑呈現出一種眼花繚亂的態勢，那些實線和線段來來往往犬牙交錯地互相銜接、平行、像跳交際舞一樣，王小軍幾乎把臉貼在螢幕上，盯了大半個小時後，他終於還是有了一點進展：「這是……全身內力逆行？」

王小軍再次強迫自己靜下心來，暗暗道：「王小軍啊王小軍，這麼多大風大浪你都走過來了，區區一個秘笈自然難不倒你，中間的沒有就沒有，你自己編一段就好了嘛——」然後又喃喃自語地給已自己加油打氣，「有信心嗎？」

答案是沒有……

只有經過修煉的艱辛才會懂得秘笈的重要，王小軍深知這套秘笈裡每一字每一句都傾注了前人無數的心血和努力，有無數個像他爺爺一樣的天才為它添磚加瓦，自己再看似風光無限，也無非就是一個初學者而已。

有了這種先入為主的念頭，可想而知王小軍是不可能進入狀態的，王小

軍重新打開第七張磁碟片，看著上面那些文字和繚繞的符號，像是沒學過任何公式卻要解開一道難題那樣茫然和無助。

第二天，胡泰來天還沒完全亮，就已經開始他的恢復訓練，除了蹲馬步以外，他增加了很多雷登爾教給他的項目，比如跳跳繩，他雙手飛快地揮舞著繩子，腳尖頻繁細密地點地，繩子發出嗖嗖嗖的聲音。

當胡泰來跳夠了一千下，就看見王小軍不知什麼時候坐在臺階上，兩眼茫然地望著院子，呆呆無語。

「小軍？」

胡泰來嚇了一跳，他還從沒見過王小軍這個樣子，更主要的是王小軍很少起這麼早。「你一大早坐在這幹什麼呢？」

王小軍自顧自道：「秘笈我已經看完了，中間少了一張，連不上了。」

胡泰來道：「那怎麼辦？」

「沒辦法。」王小軍悻悻地說。

這時陳覓覓也走出了房間，王小軍的最後幾句話她也聽到了。

「這未嘗不是件好事。」陳覓覓道，「如果你再練下去，走火入魔怎麼辦？」

王小軍攤手道：「那也比現在半吊在這強啊，而且我試過了，以我現在的內功，根本無法練習輕功，壞掉的那張磁碟片剛好是一個門檻。」

陳覓覓這才知道他主要還是為了找回真武劍發愁。心下頗為感動，於是安慰他道：「真武劍我自己能找回來，說到底，這件事和你並沒有關係，人家盯上的是我們武當派，又不是因為你丟的。」

王小軍懶懶道：「你是我老婆，怎麼能說和我沒關係呢？」

「咳咳……」陳覓覓局促地看了胡泰來一眼。

「沒事，習慣了。」胡泰來早已習慣王小軍滿嘴跑火車了。

這時陳覓覓發現王小軍一邊說話，一邊擺弄著手裡的一堆碎片，定睛一看，才看清那是一堆碎掉的碟片！

陳覓覓驚訝道：「王小軍你幹什麼了？」

王小軍攤開手，十張秘笈無一倖免地被他捏得粉碎。

陳覓覓驚道：「你就算練不會也不用把它們都毀了呀！」

王小軍道：「你不是怕我走火入魔嗎？」

陳覓覓痛心道：「那畢竟是你們鐵掌幫和你爺爺全部的心血，某種程度上說也算是武林的瑰寶，你不練也留下來啊……」

王小軍忽然出神道：「覓覓，怎樣才能讓全身內力倒流呢？」

陳覓覓愕然道：「內力修行到一定程度，順流逆流又有什麼難的？」

王小軍吃驚道：「你能嗎？」

陳覓覓道：「我當然不能，但我師兄就可以，嗯，武當七子只怕都能做到。」

王小軍眼睛發亮道：「你是說讓內力逆流不用是什麼絕頂高手，湊湊合合就能辦到？」

陳覓覓又好氣又好笑道：「讓內力逆流自然不是簡單的事，不過練到從心所欲的地步也不是不可以。」

王小軍聽了道：「那說明我也就差一步而已。」

陳覓覓委婉道：「不過修煉內功講究連續性，你一直練的是鐵掌幫的內功，有什麼問題就得仍從這上面解決，你……有什麼別的辦法嗎？」

王小軍忽然從口袋裡拽出一個本子道：「別的辦法沒有，別人的秘笈倒是有一本。」

陳覓覓質疑：「你想中途改練虎鶴蛇形門的內功？」

王小軍興致勃勃道：「我想明白了，天下內功其實大同小異，殊途同歸，練到最後效果差不多，虎鶴蛇形門的內功想必也有讓內力倒流的法子，我鐵掌幫的秘笈雖然斷了，拿它接上不就是了？」

陳覓覓面色凝重道：「我不建議你這麼做，這可比你一味修煉自己的秘笈危險多了！」

王小軍一副豁出去的表情道：「無所謂了，老張的秘笈肯定不如我們鐵掌幫的好，不過練到頭應該也能管點用，這就像修橋鋪路一樣，我們鐵掌幫需要修完一條一百米的路，虎鶴蛇形門的目標只有九十米，現在我修到八十九米連不上了，借用一下別人的也無所謂，只要過了這個門坎，我再繼續修我的路就好了。」

陳覓覓聽了道：「你是想利用張霆雷的秘笈先達到內力逆流的地步，然後再繼續跟上鐵掌幫秘笈的進度？」

王小軍嘿嘿笑道：「聰明吧？」

陳覓覓瞪大眼睛道：「你這是在找死！」

王小軍道：「現在的電腦兩套系統不是很正常嗎？」

胡泰來無奈地對陳覓覓說：「你就讓他練吧，這個人不到最後是不會死

心的。」

陳覓覓抱著最後的希望道：「可是你爺爺的秘笈不是已經被你毀了嗎？」

「當然沒有，我都存手機裡了。」

胡泰來擔憂道：「那你可得小心點，你手機一旦丟了，說不定就會引來一場武林的風波。」

王小軍哈哈一笑：「你以為我真傻啊，你知道什麼是雲端技術嗎——我把它們備份在雲端裡了，手機裡面什麼都沒有，就算這支手機丟了，換個手機登錄上去照樣看得到！」

胡泰來聽得似懂非懂，佩服地說：「到底是你腦子靈光。」

王小軍得意道：「那是當然，現代武林就得有現代武林的特色嘛。」

說幹就幹，王小軍當下就坐在院子裡舔著指頭一頁一頁地看了起來。

王小軍的理論是：參照虎鶴蛇形門的內功心法過渡鐵掌幫秘笈裡缺失的那一部分，因為天下武功殊途同歸，就像雖然各地教材有所不同，但都是九年義務教育一樣。

這其中有一個難處，就是王小軍不知道按照張庭雷的冊子要練到什麼程度才算跟上了自己現在的進度，唯一的辦法就是從頭快速流覽一遍，那些能看懂的，經歷過的，就是已經掌握了的，但由於兩派內功修煉方法大相徑庭，也只能靠摸索和猜測。

王小軍靜下心，翻看著張庭雷送給他的本子。

老頭性如烈火，但是秘笈卻寫得和風細雨，潤物無聲的，大量的注意事項比修煉手法本身還要多，而且多處有警告內容，唯恐學習者因為冒進走火入魔，光是普通的內力運行就寫了小半本。相比起來，鐵掌幫的秘笈裡類似的內容一概沒有，王小軍飛快地一頁一頁往後翻著。

所謂內力逆流，倒不是字面意義上的「逆」，內力無形無質，並沒有正反之分，逆流，是指體內內力積蓄到一定程度之後，順著經脈無意識地行走，練到這種程度就到了「真氣護體」的地步。

它要求練功者經脈通達、內力深厚，就像一個插滿管子的容器，容器裡必須先有很多水，然後管子之間四通八達，在沒有外力的情況下，容器裡的水能自己在管子裡倒流，最終還能回到容器裡。王小軍現在一來沒那麼多「水」，二來經脈細節末梢沒能練到，他要尋找的，正是完全打通經脈的技術支援。

翻到後面，張庭雷的本子上果然也出現了相關的經脈開闢方法，隨之那些注意事項反而越來越少，說明此時的練功者已經有了一定根基，不需要再在新手問題上浪費精力，但是王小軍所練的是鐵掌幫的心法，從前期開始和虎鶴蛇形門的路就不同，他略過前面的直接跳著看，中間部分就有很多疑問，雖是同一道難題，別人解題的過程中用到了自己沒學過的公式，王小軍只能再翻回去看基本部分。

他幾次想放棄可又覺得於心不甘，從早晨坐到中午、又從中午坐到下午，一會兒愁腸百轉，一會兒混混沌沌，始終無法突破。

請續看《這一代的武林》陸　今世高手

這一代的武林 伍 投桃報李

作者：張小花
發行人：陳曉林
出版所：風雲時代出版股份有限公司
地址：10576台北市民生東路五段178號7樓之3
電話：(02) 2756-0949
傳真：(02) 2765-3799
執行主編：朱墨菲
美術設計：吳宗潔
行銷企劃：林安莉
業務總監：張瑋鳳

初版日期：2019年3月
版權授權：閱文集團
ISBN：978-986-352-668-1
風雲書網：http://www.eastbooks.com.tw
官方部落格：http://eastbooks.pixnet.net/blog
Facebook：http://www.facebook.com/h7560949
E-mail：h7560949@ms15.hinet.net
劃撥帳號：12043291
戶名：風雲時代出版股份有限公司

風雲發行所：33373桃園市龜山區公西村2鄰復興街304巷96號
電話：(03) 318-1378
傳真：(03) 318-1378
法律顧問：永然法律事務所 李永然律師
北辰著作權事務所 蕭雄淋律師

行政院新聞局局版台業字第3595號 營利事業統一編號22759935

定價：280元　　特惠價：199元

國家圖書館出版品預行編目資料

這一代的武林 / 張小花著. -- 初版. -- 臺北市：風雲時代,2019.03-　冊；　公分

ISBN 978-986-352-668-1（第5冊；平裝）

857.7　　107018081